A SOMBRA DA BRANQUITUDE
CONSTRUÇÕES PARA UMA PSICOLOGIA ANALÍTICA ANTIRRACISTA

Editora Appris Ltda.
1.ª Edição - Copyright© 2025 da autora
Direitos de Edição Reservados à Editora Appris Ltda.

Nenhuma parte desta obra poderá ser utilizada indevidamente, sem estar de acordo com a Lei nº 9.610/98. Se incorreções forem encontradas, serão de exclusiva responsabilidade de seus organizadores. Foi realizado o Depósito Legal na Fundação Biblioteca Nacional, de acordo com as Leis nºs 10.994, de 14/12/2004, e 12.192, de 14/01/2010.

Catalogação na Fonte
Elaborado por: Josefina A. S. Guedes
Bibliotecária CRB 9/870

	Fregapani, Márcia David Ribeiro
F858s	A sombra da branquitude: construções para uma psicologia
2025	analítica antirracista / Márcia David Ribeiro Fregapani. – 1. ed. – Curitiba: Appris, 2025.
	87 p.; 21 cm. – (Multidisciplinaridade em saúde e humanidades).
	Inclui referências.
	ISBN 978-65-250-7377-4
	1. Psicologia junguiana. 2. Antirracismo. 3. Racismo. 4. Psicoterapia. I. Título. II. Série.
	CDD – 150.1954

Livro de acordo com a normalização técnica da ABNT

Appris
editora

Editora e Livraria Appris Ltda.
Av. Manoel Ribas, 2265 – Mercês
Curitiba/PR – CEP: 80810-002
Tel. (41) 3156 - 4731
www.editoraappris.com.br

Printed in Brazil
Impresso no Brasil

Márcia David Ribeiro Fregapani

A SOMBRA DA BRANQUITUDE
CONSTRUÇÕES PARA UMA PSICOLOGIA
ANALÍTICA ANTIRRACISTA

Appris editora

Curitiba, PR
2025

FICHA TÉCNICA

EDITORIAL   Augusto Coelho
Sara C. de Andrade Coelho

COMITÊ EDITORIAL

Ana El Achkar (Universo/RJ)
Andréa Barbosa Gouveia (UFPR)
Antonio Evangelista de Souza Netto (PUC-SP)
Belinda Cunha (UFPB)
Délton Winter de Carvalho (FMP)
Edson da Silva (UFVJM)
Eliete Correia dos Santos (UEPB)
Erineu Foerste (Ufes)
Fabiano Santos (UERJ-IESP)
Francinete Fernandes de Sousa (UEPB)
Francisco Carlos Duarte (PUCPR)
Francisco de Assis (Fiam-Faam-SP-Brasil)
Gláuca Figueiredo (UNIPAMPA/ UDELAR)
Jacques de Lima Ferreira (UNOESC)
Jean Carlos Gonçalves (UFPR)
José Wálter Nunes (UnB)
Junia de Vilhena (PUC-RIO)

Lucas Mesquita (UNILA)
Márcia Gonçalves (Unitau)
Maria Aparecida Barbosa (USP)
Maria Margarida de Andrade (Umack)
Marilda A. Behrens (PUCPR)
Marília Andrade Torales Campos (UFPR)
Marli Caetano
Patrícia L. Torres (PUCPR)
Paula Costa Mosca Macedo (UNIFESP)
Ramon Blanco (UNILA)
Roberta Ecleide Kelly (NEPE)
Roque Ismael da Costa Güllich (UFFS)
Sergio Gomes (UFRJ)
Tiago Gagliano Pinto Alberto (PUCPR)
Toni Reis (UP)
Valdomiro de Oliveira (UFPR)

SUPERVISORA EDITORIAL   Renata C. Lopes

PRODUÇÃO EDITORIAL   Adrielli de Almeida

REVISÃO   Viviane Maria Maffessoni

DIAGRAMAÇÃO   Amélia Lopes

CAPA   Carlos Pereira

REVISÃO DE PROVA   Alice Ramos

COMITÊ CIENTÍFICO DA COLEÇÃO MULTIDISCIPLINARIDADES EM SAÚDE E HUMANIDADES

DIREÇÃO CIENTÍFICA   Dr.ª Márcia Gonçalves (Unitau)

CONSULTORES   Lilian Dias Bernardo (IFRJ)

Taiuani Marquine Raymundo (UFPR)

Tatiana Barcelos Pontes (UNB)

Janaína Doria Líbano Soares (IFRJ)

Rubens Reimao (USP)

Edson Marques (Unioeste)

Maria Cristina Marcucci Ribeiro (Unian-SP)

Maria Helena Zamora (PUC-Rio)

Aidecivaldo Fernandes de Jesus (FEPI)

Zaida Aurora Geraldes (Famerp)

AGRADECIMENTOS

Ao Instituto Junguiano de Brasília, por ser minha segunda casa nos últimos dez anos; ao Ricardo Barreto, meu querido orientador, por sua verdade e inteireza ao ensinar;

A Adriana Ferreira, admirada analista, com quem desenvolvi uma caminhada inestimável de conhecimentos valiosos;

Ao meu marido, Guilherme Augusto Fregapani, por partilhar comigo amor e admiração pelo conhecimento;

Aos meus filhos, Guilherme e Miguel, por colocarem luz e propósito nos meus dias; a minha família, pelo imenso suporte e incentivo ao crescimento;

A toda a equipe da Harmonize, que divide comigo um propósito de vida; aos meus pacientes, que me ensinam todos os dias;

Aos meus amigos, por lembrarem-me todos os dias da minha história.

*Revolucionário é todo aquele que quer mudar
o mundo e tem a coragem de começar por si mesmo.*

(Sérgio Vaz)

APRESENTAÇÃO

Carl Gustav Jung, ao desenvolver a Psicologia Analítica, construiu um arcabouço completo e profundo de conceitos psicológicos capazes de nos levar a uma profunda reflexão e ao caminho de individuação. Este livro aborda com especial cuidado o conceito junguiano da *Sombra* e a maneira como ele pode ser eficaz para elucidar e descrever comportamentos racistas e preconceituosos na sociedade brasileira. Para nós, psicólogos junguianos, a compreensão de que este conceito discorre sobre as partes da psique que se encontram na ausência de luz ou da consciência parece evidente. Porém, gostaria também de poder dialogar com o público em geral e esclarecer que esta conceituação em nada se refere à sombra como um aspecto negativo ou pejorativo, mas sim ao oposto, pois esta é compreendida como uma vigorosa instância da psique que possui poder de transformação.

Poder relacionar os escritos de Jung com autores modernos comprometidos com uma visão de mundo antirracista permite revisitar e renovar a Psicologia Analítica, para que esta possa atualizar-se de acordo com as necessidades culturais brasileiras e de um novo tempo. Tempo esse que inclui narrativas, existências e percepções diversas. Ao analista junguiano branco, faço um convite à autorreflexão e procuro dar ensejos para esta caminhada, com autoras e autores brasileiros, que tecem suas pesquisas com embasamentos referentes à nossa história, à nossa cultura e às nossas necessidades. Autores que vão construindo de maneira primorosa a psicologia brasileira. Afinal, a quem servimos como psicólogos, se não à população brasileira? Quem somos? Sabemos?

O primeiro capítulo deste livro examinará o desenvolvimento histórico e social do racismo no Brasil, destacando como a Ciência e a Medicina contribuíram para a construção e perpetuação de estereótipos raciais. Traçará um paralelo entre a formação da identidade nacional brasileira e as práticas de exclusão e marginalização das populações não brancas.

O segundo capítulo explorará o conceito de branquitude e seus privilégios, demonstrando como esses privilégios são mantidos e reforçados por um pacto não verbalizado entre pessoas brancas. A branquitude é apresentada como uma posição de vantagem estrutural que influencia a prática psicológica, muitas vezes de forma inconsciente.

O terceiro capítulo introduzirá o conceito de *sombra*, conforme desenvolvido por Carl Jung, e aplica-o à branquitude. Argumento que a branquitude possui uma "sombra" que inclui aspectos racistas e não reconhecidos de sua identidade. Essa *sombra* pode ser projetada nos outros, especialmente em pessoas negras, perpetuando o racismo estrutural.

O capítulo final discute a necessidade de uma Psicologia Analítica que reconheça e combata o racismo estrutural. Possui a proposta de que psicólogos brancos precisam estar conscientes de sua racialização e dos privilégios de sua branquitude para evitar práticas clínicas racistas. Sugere que a formação de psicólogos deve incluir uma reflexão crítica sobre a história e a sociedade brasileira, além de uma abertura para diálogos mais humanizados e igualitários.

Esta leitura proporciona a reflexão de que a psicologia brasileira deve revisitar suas bases teóricas e práticas para se tornar uma disciplina verdadeiramente antirracista. É importante reconhecer e integrar a diversidade cultural e racial do Brasil nas práticas psicológicas, promovendo assim uma transformação social e individual que contribua para uma sociedade mais justa e equânime. *A Sombra da Branquitude – Construções para uma Psicologia Analítica Antirracista* não se propõe a ser uma leitura confortável. Na verdade, o desconforto se faz necessário para que a transformação necessária possa ocorrer. Vamos juntos?

PREFÁCIO

É possível pensarmos e atuarmos a partir de uma Psicologia Analítica antirracista brasileira? Esta parece ser a pergunta norteadora da autora ao longo do texto. Aliás, mais que isso, é uma urgência apontada em cada página, à medida que o texto busca "rever, revisitar e transformar-se". Esse desafio deve ser enfrentado na presença de outros, garantindo a alteridade fundante de um tipo de produção de conhecimento que não paralise na relação colonizador-colonizado. É um prazer assistir diálogos entre o pensamento de Carl Gustav Jung e Muniz Sodré, Cida Bento, Silvio Almeida, Lilian Schwarcz, Lia Schucman, Jeane Tavares, Robin D'Angelo, Kabengele Munanga, Franz Fanon, Achille Mbembe, entre outras e outros.

Nesse dar-receber-devolver, a autora vai colocando lado a lado a questão central da Psicologia Analítica, o processo de individuação, e o racismo. É possível pensarmos o processo de individuação sem pensarmos a racialização? Se sim, a quem serve esse conhecimento? Se não, qual é a tarefa da Psicologia e dos psicólogos?

De acordo com o artigo 1º da Resolução 18/2002 do Conselho Federal de Psicologia, "os psicólogos atuarão segundo os princípios éticos da profissão contribuindo com seu conhecimento para uma reflexão sobre o preconceito e para a eliminação do racismo". A autora, de forma contumaz e fundamentada, nos conduz por um percurso que vai do branqueamento à branquitude, mostrando como as Ciências Médicas e Jurídicas endossaram dispositivos biopolíticos na construção e manutenção do racismo no Brasil. Além disso, destaca as consequências nefastas na individualidade e coletividade que são aqui compreendidos como um par interdependente e fundamental para a noção de saúde mental.

Segundo Jung (OC, vol. X/ 2), no prefácio a *Ensaios sobre a história contemporânea,* cabe ao psicólogo(a): "[...] descer à arena dos acontecimentos do mundo e participar da luta das paixões e opiniões, pois do contrário só conseguirá perceber as inquietações do seu tempo de modo distante e impreciso, tornando-se incapaz de compreender ou mesmo de ouvir o sofrimento dos seus pacientes".

Partindo desta premissa, a autora reconta e nos faz parar de esquecer parte importante da história brasileira que resultou em um processo escravagista por séculos, seguido por mais um século de negacionismo após a sua extinção. Na realidade do Brasil, o racismo tornou-se um método eficiente e capaz de legitimar as pessoas brancas como naturais e universais, deslocando as pessoas não-brancas para todas as periferias. No entanto, a periferia está em todas as partes, apesar dos corpos brancos e negros ocuparem lugares de poder completamente desiguais dentro da estrutura social.

A autora então nos lembra que a psicologia brasileira foi formada a partir de referenciais brancos eurocentrados, bem como a maior parte das(os) psicólogas(os) são pessoas brancas. Associado a isso, mostra a importância da racialização de pessoas brancas a partir da noção de branquitude. Que possibilidades de compreensão surgem se a psicologia branca feita por pessoas brancas se defronta com o fato de não ser universal? Que tipo de silêncio se rompe, bem como que dúvidas aparecem ao dar-se conta dos privilégios das heranças escravagistas?

A partir de perguntas difíceis e necessárias, a autora vai descrevendo e mapeando a sombra da branquitude, assim como propondo uma branquitude crítica capaz de atitudes antirracistas. São abordados conceitos como o pacto narcísico da branquitude e fragilidade branca, associados aos conceitos junguianos de sombra e projeção, como forma de propor uma clínica multirracializada.

A leitura do texto reafirma a grande crítica civilizatória, proposta pela obra de Jung, ao modelo de subjetividade moderno e colonial que tem, na ideia de indivíduo acabado e desligado do todo, o seu foco. De fato, mostra-se imperativa a construção de uma psicologia analítica antirracista brasileira, comprometida com o que não pode ser esquecido, senão, às custas da reprodução da opressão que dizemos querer combater. Nessa perspectiva, a individuação junguiana se aproxima mais da filosofia Ubuntu, surgida no sul da África, que afirma "eu sou se nós somos".

Maio de 2024

Ricardo Barreto

Psicólogo, professor e analista-didata pelo Instituto Junguiano de Brasília (IJBsb), filiado à Associação Junguiana do Brasil (AJB) e à International Association for Psychology Analitical (IAAP)

SUMÁRIO

INTRODUÇÃO 17

CAPÍTULO 1
PERTINENTE CONTEXTUALIZAÇÃO 23

CAPÍTULO 2
BRANQUITUDE: PACTOS E IMPACTOS 31

CAPÍTULO 3
A SOMBRA DA BRANQUITUDE 43

CAPÍTULO 4
POR UMA PSICOLOGIA ANTIRRACISTA 59

CONSIDERAÇÕES FINAIS 79

REFERÊNCIAS 83

INTRODUÇÃO

Nos últimos anos, os estudos da Psicologia Analítica no Brasil têm se debruçado a desvelar e compreender a complexidade da alma brasileira. A compreensão da narrativa dos povos originários indígenas e a forte influência de 5 milhões de negros, que vieram escravizados para essas terras, vêm sendo resgatadas como ato de resistência e de cura. Autores analíticos como Walter Boechat, Humbertho Oliveira, José Jorge Zacharias e Isabela Fernandes estão se debruçando sobre nossas origens e olhando para dentro de quem somos e, por vezes, não sabemos.

Sair da lógica eurocentrada e racionalista e adentrar narrativas que fundamentalmente nos constituem é libertador e curativo. O rico diálogo da Psicologia Analítica, com os conceitos de vanguarda de Jung aliados às discussões da Psicologia Social e das Ciências Sociais, é não apenas emancipador e inspirador, como também pertinente e necessário. Este estudo tem o objetivo de construir pontes de possíveis diálogos entre essas duas áreas de conhecimento e não é uma tentativa ingênua de buscar traduções simplificadas entre essas vertentes do saber. De acordo com Oliveira (2018, p. 10):

> Alma brasileira, complexo tema. Não se trata de se referir a uma específica identidade brasileira, mas, sim, às múltiplas identidades de nossa brasilidade. Nesse sentido, mesmo que sem poesia, talvez devesse estar falando de almas brasileiras, no plural. São muitos brasis num só, são muitas histórias sobre ele, são muitas as referências identitárias. Aqui mora o sincretismo das muitas almas brasileiras.

Muitas almas brasileiras – todas nos cabem, porém somente uma narrativa possui voz. Ao psicólogo cabe a tarefa de expandir percepções, teorias, sua clínica e sua visão de mundo. Ele deve ter relação e diálogo com tudo aquilo que o constitui. Compreender a maneira como a diversidade está disposta socialmente é o primeiro passo para que a Psicologia possa transcender sua dimensão individual e ocupar um espaço político e verdadeiramente transformador.

> Somos naturalmente diferentes uns dos outros: os filhos diferentes dos pais, assim como de seus compatriotas ou dos indivíduos do resto do mundo. A variação é naturalmente imprescindível à transformação evolutiva. Mas ao contrário da distinção dos fenômenos como mero princípio lógico do conhecimento, a diversidade implica um conhecimento da diferença, que supõe a sua pluralidade numérica e espacial, assim como a atribuição de uma identidade a ser sensivelmente reconhecida. Sem o reconhecimento no plano dos afetos não se cria a solidariedade imprescindível à aproximação das diferenças (Sodré, 2017, p. 21).

Olhar para a sociedade pelo viés da solidariedade e da diversidade entre os seres humanos implica não desenvolver o raciocínio de "nós e eles", na perspectiva do "eu" e do "outro", mas sim, a clareza magnânima de que a ideia de universal deve ser questionada de maneira crítica. Grande desafio é compreender que a Psicologia e a Psiquiatria, em nosso país, já estiveram no lugar de reverberar e fundamentar posicionamentos reducionistas e racistas, e têm agora a responsabilidade de reparar sua insuficiência e seu equívoco. Munidas de pensamentos do homem branco e europeu como padrão de universalidade e normalidade, diagnósticos e tratamentos silenciaram, adoeceram e mataram boa parte da população não branca.

De acordo com Schucman (2020), na maioria das vezes, o psicólogo branco foi socializado entre brancos e estudou autores brancos. Isso impede sua visão total do ser humano. O médico e psicanalista negro Fanon (2020) discorre sobre a construção da Psicopatologia e o negro. A Psicanálise foi delineada para o branco e, por isso, é adoecedora para o negro.

> Quando os negros se acercam do mundo branco, ocorre uma certa ação sensibilizadora. Se a estru-

> tura psíquica se mostra frágil, assistimos a um colapso do ego. O negro deixa de se comportar como indivíduo acional. O alvo de sua ação será um Outro (na forma do branco), pois só um Outro é capaz de estimá-lo. Isso no plano ético: autoestima (Fanon, 2020, p. 169).

A partir das contribuições de Fanon (2020), torna-se fundamental repensar o lugar ocupado pelo psicólogo branco, suas representações e consequências. Compreender-se como um ser racializado, ou seja, como alguém consciente dos privilégios que sua cor imprime socialmente, é o primeiro passo para que se possa mitigar a reverberação do racismo dentro de uma instituição que possui o dever legal de combatê-lo e denunciá-lo.

Como aponta Jung (2013a), a prática da Psicoterapia não pode ser vivida sem influenciar diretamente o psicólogo/médico, que necessita sair do conforto da teoria para entrar profundamente em si, no outro e no mundo social. É convidado a atuar ativamente no seu próprio autoconhecimento e processo de individuação.

> O ponto de vista clínico, por si só, não abarca, nem pode abarcar, a essência da neurose, pois ela é muito mais um fenômeno psicossocial do que uma doença 'Sensu striction'. A neurose obriga-nos a ampliar o conceito de 'doença' além da ideia de um corpo isolado, perturbado em suas funções, e a considerar o homem neurótico como um sistema social enfermo (Jung, 2013a, §37).

Esse pensamento aponta para a responsabilidade do profissional em perceber que o sofrimento psíquico não existe somente por um viés individual, mas sim por forte influência de aspectos sociais. É de fundamental importância que o psicólogo se identifique como agente social e entenda que sua atuação possui consequências que vão além das quatro paredes de sua própria clínica.

O Brasil é um país formado por diversos "eus" e diversos "Outros". Não restam dúvidas de que, no calor íntimo do nosso consultório, o psicólogo está a serviço de todos – ou pelo menos deveria estar –, mas infelizmente, com o histórico colonial e escravagista do Brasil, as bases de nossas teorias psicológicas têm cor e endereço.

Realidades brancas e europeias formam nossas fundações. São socialmente vistas como superiores, apesar de sermos uma nação formada por maioria negra. Infelizmente a psicologia branca brasileira ainda não está a serviço de seu próprio povo. Ainda se encontra no berçário e tem o desafio de reconhecer seus privilégios e suas limitações. O processo de reconhecer sua própria sombra não pode – nem poderá – ser completo, se nele não existir o "outro" ou a abertura para analisar a si mesmo – contudo, pelo lado de fora, pelo olhar do outro.

A proposta do presente estudo não se encontra apenas no papel de denunciar e mostrar a necessidade de incorporarmos "novas" visões à Psicologia, mas também no objetivo de resgatar parte omitida da história, construir pontes e ser sensível à percepção de tudo o que ocorre no âmago das relações, no que perpassa a vida social na realidade brasileira. Este estudo tem o objetivo de convidar o psicólogo branco a se rever, visitar suas sombras, reconhecer privilégios e lugar de branquitude.

De acordo com Sandford (1988, p. 78), a sombra é um arquétipo:

> Dizer que algo é um arquétipo significa que ele é um bloco essencial para a construção da personalidade. Ou, usando-se a palavra na sua forma adjetiva, ao dizermos que alguma coisa é arquetípica, queremos dizer que é típica dos seres humanos. Desse modo, é típico de todos os seres humanos, no próprio desenvolvimento da personalidade consciente, haver sempre a companhia do seu oposto, a sombra.

Conectar com a sombra significa desbravar caminhos não habitados, negligenciados e esquecidos. A Psicologia como área do saber também possui suas sombras construídas em uma lógica eurocêntrica no Brasil, dialogando diretamente com as bases da branquitude e silenciando o cenário multicultural brasileiro. Como aponta Sodré (2017), é possível estabelecer um saber que é constituído mediante uma comunicação transcultural, que ocorre somente na lógica de traçar diálogos "entre" formações com a pretensão de serem verdadeiras e estanques, utilizando-se de uma visão da transculturalidade.

> A lógica do *trans* ou do vaivem "através" dos limiares do sentido, não uma filosofia de portas, e sim de pontes ou de transição para correspondências analógicas, que não são necessariamente conciliatórias ou harmônicas, mas que abrem caminhos para novos termos das disputas de sentido (Sodré, 2017, p. 25).

Nessa lógica do "vaivem", este estudo possui o objetivo de costurar bases históricas, culturais, psicológicas e filosóficas, com a atitude de confiar, ou de "fiar com" a beleza do resgate humano que a diversidade pode trazer. Possui também a finalidade de oferecer bases e reflexões para a construção de uma Psicologia Analítica antirracista.

Reconhecer que a própria Psicologia é majoritariamente branca em um país de mais de 522 anos se faz fundamental para construir uma nova visão de Psicologia coerente com a história e a cultura brasileira.

A dimensão cultural ocupa um lugar central nesse caminho de individuação. Noções de pertencimento e de identidade são pilares estruturantes, dão ensejo fundamental para a fertilidade do solo, nosso solo brasileiro. Somente assim são feitas boas colheitas. A atitude de esquecimento de boa parte da história brasileira culmina em um cenário devastador.

Desde a abolição da escravidão e a Proclamação da República, o Brasil confronta-se com a construção de sua identidade nacional. De acordo com Schwarcz (2012, p. 11), "desde que o Brazil é Brasil, ou melhor, quando era ainda uma América portuguesa, o tema da cor nos distinguiu".

O presente estudo também tem o objetivo de falar sobre a atuação sombria da branquitude dentro do contexto de profissionais de saúde mental e a forma como seus pactos de silêncio e a manutenção de privilégios dificultam sua formação e autoconhecimento, contribuindo, assim, para a manutenção do racismo estrutural e adoecedor da população negra do Brasil, que, segundo o IBGE, representa 54 % da população brasileira.

CAPÍTULO 1

PERTINENTE CONTEXTUALIZAÇÃO

Para se compreender com clareza o momento histórico atual, a ação e as consequências do racismo no Brasil, é de fundamental importância a análise da estrutura social, desde a abolição da escravidão no século XIX. Ademais, a própria ciência, desde o século XV, e as grandes navegações europeias inauguram a necessidade de categorizar e "entender" esse "outro" não europeu, nas Américas e na África. De acordo com Schwarcz (2012), o Novo Mundo foi compreendido como "um outro" e estigmatizado por seus estranhos costumes.

Mas somente no século XIX o darwinismo social estruturou-se e atribuiu características externas e fenotípicas como elementos fundamentais para definir a moral e o sucesso futuro dos povos. A ciência desse século debruçou-se para construir critérios deterministas capazes de julgar os povos e suas culturas. Assim, o Brasil "nasce" como uma nação e um perfeito "laboratório social". "Naturalizar" diferenças "inquestionáveis" e fazer políticas públicas e históricas com o viés da Biologia foi um grande objetivo nesse momento. Assim, o conceito de *raça* mistura-se com a própria história do Brasil.

Segundo Schwarcz (2012, p. 20):

> Como vimos, raça, no Brasil, jamais foi um termo neutro; ao contrário, associou-se com frequência como uma imagem particular do país, oscilando entre versões ora mais positivas, ora mais negativas. Muitas vezes, na vertente mais negativa de finais de século XIX, a mestiçagem existente no país parecia atestar a própria falência da nação.

Para Guimarães (1999b) citado por Schucman (2020), a ideologia racista legitimada no século XIX construiu um método equivocado sobre a biologia humana. E esse erro metodológico foi utilizado como base para justificar a subordinação permanente de outros indivíduos e povos. Assim, o racismo deve ser compreendido como uma construção ideológica que se funda no século XVI com a sistematização de valores e pensamentos construídos pela civilização europeia ao entrar em contato com a diversidade humana em vários continentes. O racismo aqui estruturado permitia a escolha de quais homens deveriam possuir e desfrutar da sua dignidade e quais não eram considerados homens por inteiro. Nascimento (2016, p. 70) fala sobre o mito do "africano livre":

> Depois de sete anos de trabalho, o velho, o doente, o aleijado e o mutilado – aqueles que sobreviveram aos horrores da escravidão e não podiam continuar mantendo satisfatória capacidade produtiva – eram atirados à rua, à própria sorte, qual lixo humano indesejável; estes eram chamados de "africanos livres". Não passava a liberdade sob tais condições, de pura e simples forma de legalizado assassínio coletivo.

As autoridades brasileiras "libertavam" os escravos idosos, inválidos e enfermos sem oferecer nenhuma política pública para a mínima sobrevivência. Em 1888, a chamada Lei Áurea, a lei de abolição da escravidão, mantém esse tom "libertador", pois jogou à própria sorte todos os povos escravizados, em um ato de assassinato em massa. Esses "africanos livres" e seus descendentes foram atirados à sociedade sem responsabilização dos senhores, do Estado e da Igreja. Não houve gesto de humanidade, de solidariedade ou de justiça social – "O africano e seus descendentes que sobrevivessem como pudessem" (Nascimento, 2016, p. 79).

Dessa maneira, o Brasil, baseado na ciência da época, inicia um processo de branqueamento de sua população, buscando investir em imigração europeia para tornar nosso povo mais ariano e menos negro, já que essa era uma "raça" condenada.

Para Schucman (2020), as instituições médicas e jurídicas utilizavam um discurso social da luta das raças como fonte de segregação, eliminação e normatização da sociedade. Era necessário defender a sociedade dos perigos biológicos da mistura de raças inferiores com a raça branca. Teorias de degeneração afirmavam que a raça branca se tornaria fraca e infértil com a miscigenação. O termo "mulato", utilizado para se referir ao filho de um branco e um negro, tem raiz no diminutivo da palavra *mulo*, em espanhol, referindo-se a um ser estéril advindo do cruzamento da égua com o jumento.

De acordo com Nascimento (2016), as autoridades brasileiras dominantes estavam de total acordo em condenar africanos "livres" a um novo modo de vida econômico, político, social e cultural em um estado de escravidão em liberdade. "Nutrido do ventre do racismo, o 'problema' só podia ser, como de fato era, cruamente racial: como salvar a raça branca da ameaça de sangue negro, considerado de forma explícita ou implícita como inferior." (Nascimento, 2016, p. 81).

Ainda segundo Nascimento (2016), Nina Rodrigues, o psiquiatra da Bahia, que era *mulato*, no final do século XIX, iniciou seus "estudos científicos" sobre o africano no Brasil. O autor assume a visão da ciência europeia e demonstra em seus estudos que a inferioridade do negro advém de uma ordem natural e, por isso, os negros nunca constituíram nações civilizadas. A prática para branquear a população brasileira era explícita. Quanto mais o indivíduo afastava-se de ser negro, mais ele tinha possibilidades de inserção social.

Por outro lado, nos estudos de Munanga (1986) citados por Carone e Bento (2016), a ideologia do branqueamento foi uma peça basilar da ideologia racial brasileira, pois acreditava-se que por meio da miscigenação seria possível criar uma raça brasileira, de pele mais clara, ou seja, mais branca fenotipicamente, embora, mestiça genotipicamente. Dessa maneira, negros, índios e os próprios mestiços desapareceriam.

As consequências nefastas desse pensamento estão presentes hoje:

> Mas o que esse pensamento mais interessa às ciências do homem, a psicologia social incluída, são as atitudes e os comportamentos sociais desenvolvidos, cuja interiorização deixa marcas invisíveis no imaginário e nas representações coletivas, marcas essas interferem nos processos de identificação individual e de construção coletiva (Munanga, 1986 *apud* Carone; Bento, 2016, p. 13).

Essa interiorização de representações leva à alienação e à negação da sua própria natureza para os sujeitos de pele escura, trazendo assim a ideia de embranquecimento – tanto físico quanto cultural – como um caminho de redenção. Dessa maneira, a população brasileira como um todo introjetou a missão do branqueamento, gerando consequências na construção de identidade do ser negro individual e a supervalorização da população branca (Munanga, 1986 *apud* Carone; Bento, 2016).

Para Carone e Bento (2016), o branqueamento – sobretudo no período após a abolição da escravatura – deve ser entendido como uma verdadeira pressão cultural para que o negro negasse a si mesmo, seu corpo e sua mente e se integrasse à nova ordem social. A frágil ideia da "democracia racial" defendida por Gilberto Freyre foi a base da nossa identidade nacional, porém esse processo não foi natural, e sim determinado pela violência e pela exploração dos povos africanos.

Para Schwarcz (2012), nos anos de 1930 o mestiço tornou-se um símbolo nacional que traduzia nossa identidade cruzada. O reconhecimento do samba, da capoeira, do candomblé e do futebol como valorização nacional era uma retórica que não encontrava contrapartida na valorização das populações negras e mestiças, que continuavam à deriva da sociedade, discriminadas nos âmbitos de acesso à justiça, do direito, trabalho e lazer. Essa ideia pretensiosa e falaciosa da convivência harmônica foi sendo gestada como um mito de Estado. A obra de Gilberto Freyre menosprezava as diferenças diante do cruzamento racial, apesar de não negar os conflitos que faziam parte da nossa formação nacional.

A visão de um país romanticamente naturalista era defendida por diversos autores como Carl von Martius citado por Schwarcz (2012), que afirmava que o Brasil podia ser entendido como uma imagem fluvial de três grandes rios que compunham uma só nação:

> Um grande e caudaloso, formado pelas populações brancas; outro um pouco menor, nutrido pelos indígenas, e ainda outro, mais diminuto, composto pelos negros. Lá estariam todos, juntos em harmonia, e encontrando uma convivência pacífica cuja natureza só ao Brasil foi permitido conhecer. No entanto, harmonia não significa igualdade, e no jogo de linguagem usado pelo autor ficava evidente uma hierarquia entre os rios/raças. Era o rio branco que ia incluindo os demais, no seu contínuo movimento de inclusão. [...] Estava assim dado, e de uma só vez, um modelo para pensar "e inventar" uma história local: feita pelo olhar estrangeiro – que vê de fora e localiza bem dentro – e pela boa ladainha das três raças que continua encontrando ressonância entre nós (Schwarcz, 2012, p. 28).

Essa falsa e rasa visão da construção harmônica entre o branco, o negro e o indígena encrustou-se de maneira severa no imaginário do brasileiro, sendo responsável por um silenciamento sufocante de uns e pela construção criminosa de privilégios para outros.

Para Carone e Bento (2016), forjada pelas elites brancas do século XIX e meados do século XX, a ideologia do branqueamento queria corresponder às necessidades e às preocupações dos brancos, porém hoje ganha uma conotação como se o desejo de branquear tivesse nascido no desejo dos negros, para alcançar os privilégios da branquitude.

> O principal elemento conotativo dessas representações dos negros construídas pelos brancos é o de que o branqueamento é uma doença ou patologia peculiar a eles. [...] Como é que um problema explícito das elites brancas passou a ser interpretado

ideologicamente como um problema dos negros – o desejo de branquear (Carone; Bento, 2016, p. 20).

Segundo Carone e Bento (2016), é importante perceber que a categoria *negro* no Brasil era constituída pelo olhar do branco, sem se levar em consideração o sujeito branco e preconceituoso ao se formarem representações sobre o negro. A ideia de raça sempre é atribuída ao não branco, cabendo a este categorizar e descrever todo e qualquer "outro", assumindo, dessa maneira, um lugar de superioridade social.

Reconhecer a dimensão estrutural do racismo, bem como os privilégios da branquitude são fundações básicas para o psicólogo que responde a seu próprio código de ética. A Resolução do Conselho Federal de Psicologia (CFP) n.º 18/2002, que estabelece normas de atuação para os psicólogos em relação ao preconceito e à discriminação racial, resolve:

> Art.1º – Os psicólogos atuarão segundo os princípios éticos da profissão contribuindo com o seu conhecimento para uma reflexão sobre o preconceito e para a eliminação do racismo.
>
> Art. 2º – Os psicólogos não exercerão qualquer ação que favoreça a discriminação ou preconceito de raça ou etnia.
>
> Art. 3º – Os psicólogos, no exercício profissional, não serão coniventes e nem se omitirão perante o crime de racismo.
>
> Art. 4º – Os psicólogos não se utilizarão de instrumentos ou técnicas psicológicas para criar, manter ou reforçar preconceitos, estigmas, estereótipos ou discriminação racial.
>
> Art. 5º – Os psicólogos não colaborarão com eventos ou serviços que sejam de natureza discriminatória ou contribuam para o desenvolvimento de culturas institucionais discriminatórias.

Art. 6º – Os psicólogos não se pronunciarão nem participarão de pronunciamentos públicos, nos meios de comunicação de massa de modo a reforçar o preconceito racial.

Art. 7º – Esta resolução entrará em vigor na data da sua publicação (Conselho Federal de Psicologia, 2002).

Para que o psicólogo possa honrar seu código de ética, especialmente no que tange aos artigos 1º, 2º e 3º, é necessária uma profunda reflexão sobre seus próprios posicionamentos. É preciso ter, especialmente, a consciência de que a estrutura social brasileira é fundada no racismo histórico, como vimos demonstrando. Em outras palavras, o psicólogo branco necessita olhar para si como um membro integrante dessa sociedade, que é produto cultural do embranquecimento descrito anteriormente e que pode ser veículo do racismo, sem nem ao menos ter consciência disso. É indeclinável que sua ação seja mais preponderante do que a mera leitura ligeira da resolução. Ações claras de autorreflexão são basilares nesse processo.

Satisfazer-se com o conhecimento adquirido nesse contexto de privilégio da branquitude – conceito que será adequadamente abordado a seguir – é pouco, é parcial, é insuficiente. Dedicar-se a ouvir vozes que ainda não são suficientemente ouvidas na psicologia pode ser o primeiro passo. Permitir-se ser analisado, estudado e criticado ao entrar em relações dialógicas mais humanizadas e mais ricas em subjetividade e respeito é tarefa urgente para o psicólogo desse tempo.

O psicólogo avesso a essa perspectiva precisa compreender que, em diversos momentos, reverbera inconscientemente o racismo dentro da sua própria clínica. Portanto, o olhar não deve mais ser para o "outro", e sim para si. Pensar sobre o lugar central em que a própria branquitude se constitui, analisar discursos silenciadores e reconhecer que temos hoje uma psicologia feita por brancos é apenas o início de um resgate urgente e necessário.

Essa visão crítica encontra amparo nos textos de Jung (2012b, p. 11) quando aborda a prática da Psicoterapia e a postura do analista da seguinte maneira:

> A avalanche dos acontecimentos de uma época não é perceptível apenas no lado de fora, isto é, no mundo exterior e distante. Ela atinge também a tranquilidade do consultório e a privacidade das consultas médicas. O médico é responsável por seus pacientes e por isso não pode de maneira alguma se isolar na ilha distante e tranquila do seu trabalho científico. Precisa descer à arena dos acontecimentos do mundo e participar da luta das paixões e opiniões, pois do contrário só conseguirá perceber as inquietações do seu tempo de modo distante e impreciso, tornando-se incapaz de compreender ou mesmo de ouvir o sofrimento dos seus pacientes.

Compreender a dimensão estrutural significa alcançar que o racismo se engendra na realidade brasileira tal como um projeto de Estado e está presente nas relações políticas, econômicas, sociais, familiares e institucionais. Para Almeida (2020, p. 86), o racismo é:

> Uma relação de poder que se manifesta em circunstâncias históricas. Na perspectiva estrutural – que é nosso foco – se considerarmos o racismo um processo histórico e político, a implicação é que precisamos analisá-lo sob o prisma da institucionalidade e do poder.

Essas relações de poder se manifestam de maneiras objetivas e subjetivas, desde o senso estético de beleza do brasileiro até a organização estrutural das desigualdades sociais, tudo resultado direto do racismo.

Relacionar o conceito de racismo estrutural com o conceito de branquitude é imprescindível para que a Resolução CFP n.º 18/2002 possa ser realmente compreendida e colocada em ação, evidenciando-se pensamentos e atitudes racistas, de modo a facilitar seu combate dentro e fora da atuação clínica.

CAPÍTULO 2

BRANQUITUDE: PACTOS E IMPACTOS

Para que o psicólogo possa compreender de maneira responsável e ativa os artigos da Resolução CFP n.º 18/2002, é necessário não somente uma reconstrução histórica brasileira, bem como o entrelaçamento de conceitos importantíssimos, como os de raça e de branquitude.

É inegável que a nossa formação social está fundada ao redor do conceito de raça, apesar da clareza de que esse conceito agrega uma visão errônea da biologia humana. De acordo com Schucman (2020), o racismo foi legitimado pelas ideias científicas europeias do século XIX, tendo o improcedente conceito de raça, e, assim, essa falácia constrói enorme suporte para justificar a subordinação permanente de indivíduos e povos.

Segundo Munanga (2020), essa visão utiliza-se da ciência para demonstrar todos os males dos povos negros. O fato de ser branco significa possuir uma condição humana normativa; consequentemente, o fato de ser negro necessitava de uma explicação científica.

> Além da força como meio para manter esse violento equilíbrio, recorreu-se oportunamente aos estereótipos e preconceitos através de uma produção discursiva. Aí, toda e qualquer diferença entre colonizador e colonizado foi interpretada em termos de superioridade e inferioridade. Tratava-se de um discurso monopolista, da razão, da virtude, da verdade, do ser, etc. (Munanga, 2020, p. 24).

Ainda de acordo com Munanga (2020), várias teorias relacionadas ao iluminismo fortemente influenciadas pelo eurocentrismo sobre características físicas e morais do negro buscam legitimar a escravidão e a colonização. Enquanto a ciência recebia adoração e objeto de culto, a teorização racial dava ensejo a todas as demandas econômicas e imperialistas vivenciadas na época. É importante perceber com clareza que a desvalorização do negro colonizado não se limita ao racismo doutrinal, mas se estende a uma prática cotidiana que engloba uma série de condutas, de reflexos adquiridos, que foram incorporados aos gestos e às palavras mais corriqueiras, de maneira a constituir uma estrutura sólida de personalidade colonialista.

> Ora, a análise da atitude racista revela três elementos importantes já presentes no discurso pseudocientífico justificador que acabamos de ver: descobrir e pôr em evidência as diferenças entre colonizador e colonizado, valorizá-las, em proveito do primeiro e em detrimento do último, e levá-las ao absoluto, afirmando que são definitivas e agindo para que assim se tornem (Munanga, 2020, p. 31).

Schucman (2020) aponta que, já no século XX, com o desenvolvimento da genética e das ciências biológicas, é possível concluir que raça como instância biológica não existe, pois os marcadores genéticos de uma raça são igualmente encontrados em outras e, portanto, pretos, brancos e amarelos não possuem diferenças enquanto raça. Definitivamente.

Logo, se o conceito de raça é desmistificado, por que ainda se utiliza esse conceito para compreender a temática? É fundamental entender em que consiste o racismo depois do descrédito da ciência moderna e como é possível conceituar "raça" nos dias atuais. De acordo com Schucman (2020), o conceito de raça utilizado para discutir o tema do racismo é o de "raça social", ou seja, não como um fato biológico, mas sim fundamentado em construções sociais, formas de identidade construídas, com base em um modelo biologicamente errôneo, porém altamente eficaz de maneira social, sendo capaz de construir, manter e reproduzir diferenças e privilégios.

Infelizmente, ainda é a categoria de raça que transita no imaginário da população brasileira, produzindo discursos racistas, mesmo tendo sido produzida nos séculos XIX e XX. Segundo Schwarcz (2012, p. 29):

> Nas tantas expressões que insistem em usar a noção – "esse é um sujeito de raça", "eta sujeito raçudo" [...] –, nas piadas que fazem rir da cor, nos ditos que caçoam, na quantidade de termos, revelam-se indícios de como a questão racial se vincula de forma imediata ao tema da identidade, de uma identidade que desde a época da colonização foi marcada pela "falta". Nem bem colonos, nem bem colonizados; nem portugueses, nem escravos. Desde os primeiros momentos de país independente uma questão pareceu acompanhar os debates locais: "Afinal, o que faz do Brazil, Brasil?". A partir de então, muitos daqueles que se propuseram a definir uma "especificidade nacional" selecionaram a "conformação racial" encontrada no país, destacando a particularidade da miscigenação, para o bem ou para o mal.

Ainda para Schwarcz (2012), demonstrar que o conceito biológico é completamente limitado e desconstruir sua visão histórica não desativa todas as suas implicações sociais. De maneira infortuna, a raça insiste em ser uma potente representação, como um marcador social de diferença – de mãos dadas com categorias como gênero, classe, região e idade, que se entrelaçam e retroalimentam.

De acordo com Schucman (2020), a cor e a raça do povo brasileiro possuem grande relevância em análises de conflitos e desigualdades sociais, já que ocorrem práticas de discriminação por cor e por aparência. Pode-se afirmar que não brancos sofrem discriminação em inúmeras situações cotidianamente, como na educação, na ocupação, nas oportunidades de emprego, na distribuição de renda e de moradia e na experiência subjetiva.

Segundo Guimarães (1999b) citado por Schucman (2020), o racismo no Brasil possui uma especificidade: o Estado nunca legitimou as práticas racistas, apesar de estarem presentes na sociedade e nos discursos cotidianamente. Dessa maneira, o racismo brasileiro opera por meio de atitudes, contudo não é reconhecido pelo sistema jurídico e é fortemente negado pelo discurso falacioso de harmonia social.

Assim, o racismo praticado no Brasil atinge todos os indivíduos que possuem a aparência e os traços considerados fenotipicamente de origem africana, em combinação com a cor da pele escura.

> O fato de os estereótipos negativos estarem diretamente associados à cor e à raça negra fez também com que os brasileiros mestiços e grande parte da população com ascendência africana, de maneira geral, não se classificassem como negros, gerando um grande número de denominações para se designar as cores dos não brancos, como moreno, pessoa de cor, marrom, escurinho etc. Portanto, essa forma de classificação eliminou, não raramente, a identificação dos mestiços com a negritude e fez com que esses, nesses casos, não se classificassem como negros, bem como contribuiu para que permanecessem intactas todas as estereotipias e representações negativas do negro (Schucman, 2020, p. 100).

De acordo com Almeida (2020), a visão do racismo como um fenômeno institucional e estrutural é capaz de moldar não somente a consciência, mas também o inconsciente. Dessa maneira, a vida cultural e política é constituída e perpassada por padrões racistas. Consequentemente, a vida "normal", os afetos e as "verdades" são banhados pelo racismo, sem depender de uma ação consciente. Para o autor:

> Pessoas racializadas são formadas por condições estruturais e institucionais. Nesse sentido podemos dizer que o racismo que cria a raça e os sujeitos racializados. Os privilégios de ser considerado branco não dependem do indivíduo socialmente

> branco reconhecer-se ou assumir-se como branco, e muito menos de sua disposição em obter a vantagem que lhe é atribuída por sua raça (Almeida, 2020, p. 64).

Para Bento (2022), o Brasil não possui um problema do negro, mas sim um problema na relação entre negros e brancos. É a supremacia branca incrustrada na branquitude. É a relação de dominação entre grupos, na política, na cultura e na economia que afirma e garante privilégios para uns e horripilantes condições de trabalho, vida e morte para outros.

Portanto, torna-se fundamental para o psicólogo, na sua formação, a compreensão do conceito da branquitude e como ela influencia seus atos e pensamentos. De acordo com Bento (2022), a branquitude pode ser compreendida como um fenômeno que atravessa gerações, alterando pouquissimamente as relações de poder. Perpetua-se no tempo por meio de um pacto invisível entre os brancos, mantendo seus privilégios.

> Descendentes de escravocratas e descendentes de escravizados lidam com heranças acumuladas em história de muitas dor e violência, que se refletem na vida concreta e simbólica das gerações contemporâneas. Fala-se muito na herança da escravidão e nos seus impactos negativos para as populações negras, mas quase nunca se fala na herança escravocrata e nos impactos positivos para as pessoas brancas (Bento, 2022, p. 23).

É importante ressaltar que, de acordo com os estudos de David Roediger citado por Bento (2022), a branquitude é compreendida como um lugar de privilégio e poder, construído historicamente, ou seja, é sinônimo de opressão e dominação. Não é uma identidade racial.

> Branquitude, em sua essência, diz respeito a um conjunto de práticas culturais que são não nomeadas e não marcadas, ou seja, há silêncio e ocultação em torno dessas práticas culturais. Ruth Frankenberg chama a atenção para branquitude

> com um posicionamento de vantagens estruturais, de privilégios raciais. É um ponto de vista, um lugar a partir do qual as pessoas brancas olham a si mesmas, aos outros e à sociedade (Bento, 2022, p. 62).

Ainda segundo Bento (2022), o privilégio branco é lugar passivo, uma estrutura que possibilita facilidades aos brancos, queiram eles ou não. Essa herança está marcada na vida de todos os seres brancos, sejam eles pobres ou antirracistas. Existe um lugar simbólico, com privilégios concretos, construído pelo grupo branco. A prerrogativa branca narra uma posição ativa em que brancos gozam e aproveitam a dominação racial e de privilégios da branquitude. De acordo com Peggy McIntosh (1989) citada por Schucman (2020), é essencial exemplificar alguns privilégios da branquitude para poder alcançar seu nível simbólico, como:

1) poder fazer compras sozinha com forte certeza de que não sofrerá assédio e desconfiança; 2) ligar a televisão e ver sua raça amplamente representada; 3) não ter sua credibilidade financeira colocada em cheque a todo o momento; 4) não necessitar educar seus filhos para que tenham consciência do racismo e lutem diariamente para manter sua proteção física; 5) poder xingar, usar roupas de segunda mão, não responder a cartas sem que as pessoas a julguem por má índole, pobreza ou analfabetismo da sua raça; 6) nunca precisar falar em nome do seu grupo racial; 7) possuir fotos, livros e brinquedos com pessoas da sua própria raça; e 8) ao declarar a existência de uma questão racial em determinada situação, sua raça possuir mais credibilidade.

De acordo com Schucman (2020), é fundamental perceber quais são as formas de poder que a branquitude possui e com que influencia ativamente outras identidades raciais.

> Nesse sentido, a ideia de poder é vista tal qual elaborou Foucault (2001): "o poder não se tem, o poder se exerce". Ao dizermos isso, compreendemos que poder não é algo que os sujeitos têm, mas sim que realizam, em atos e materialidades. Manter o poder não é algo de que alguém, ou uma

> instituição, tome posse guarde para si, mas, sim, algo que se exerce repetidamente e continuamente (Schucman, 2020, p. 134).

Para Bento (2022), existe uma branquitude crítica, que diz respeito ao grupo branco que rejeita publicamente o racismo e está disposto a ceder seus privilégios combatendo todas as nuances do racismo estrutural. A branquitude crítica brasileira condena publicamente o racismo, embora na esfera privada não seja necessariamente não racista. Importantíssimo ponto a ser debatido, pois é necessário compreender quando um discurso contra o racismo tem verdadeiramente o poder de gerar uma prática antirracista.

O psicólogo brasileiro deve entender que pertencer a uma branquitude crítica, definitivamente, não o isenta de exercer o racismo. Isso deve estar claro, pois se está em perspectiva, poderá ser mensurado e, assim, combatido em esferas profundas e verdadeiramente transformadoras.

Nesse contexto, o convite à reflexão do psicólogo é urgente: avaliar e conhecer as nuances públicas e privadas do seu próprio racismo; tecer intimidade com a história do Brasil, ter ciência das consequências estruturais, estar disposto ao desconforto de desnudar-se de privilégios e especialmente sair de um lugar inquestionável, para se colocar em pé de igualdade para ser analisado. Essas são atitudes básicas para que possa, de maneira efetiva, honrar seu código de ética.

Além disso, é fundamental reconhecer o *modus operandi* da branquitude e suas estratégias, para estar consciente de suas falhas. De acordo com Bento (2022), a branquitude possui um pacto com características narcísicas de autopreservação, como se o "diferente" ameaçasse o "normal", o "universal". Essa característica está na fundação do preconceito, "da representação que é feita do outro e da forma como reagimos a ele" (Bento, 2022, p. 18). A consequência desse fenômeno é evidenciada nas relações de raça e gênero em nossas instituições, vivenciadas por meio do silêncio. É imprescindível, assim, reconhecer, explicitar e transformar acordos não verbalizados expressamente e que culminam no cultivo dos interesses grupais, fortalecendo cada vez mais o pacto da branquitude.

De acordo com Bento (2022), compreender o funcionamento institucional do racismo engloba implodir a ideia de mérito. Abandonar a representação de que pessoas brancas ocupam lugares de destaque, porque são mais qualificadas, porque se esforçam, porque merecem aquele lugar. As pessoas pretas não ocupam o mesmo espaço, porque não estariam devidamente preparadas. Ainda para a autora:

> Assim é que a realidade da supremacia branca nas organizações públicas e privadas da sociedade brasileira é usurfruída pelas novas gerações brancas como mérito do seu grupo, ou seja, como se não tivesse nada a ver com os atos anti-humanitários cometidos no período da escravidão, que corresponde a 4/5 da história do país, ou com aqueles que ainda ocorrem na atualidade. [...] Trata-se da herança inscrita na subjetividade do coletivo, mas que não é reconhecida publicamente. O herdeiro branco se identifica com outros herdeiros brancos e se beneficia dessa herança, seja concreta, seja simbolicamente; em contrapartida, tem que servir ao seu grupo, protegê-lo e fortalecê-lo. Este é o pacto, o acordo tácito, o contrato subjetivo não verbalizado: as novas gerações podem ser beneficiárias de tudo que foi acumulado, mas têm que se comprometer "tacitamente" a aumentar o legado e transmitir para as gerações seguintes, fortalecendo seu grupo no lugar de privilégio, que é transmitido como se fosse exclusivamente mérito. E no mesmo processo excluir os outros grupos "não iguais" ou não suficientemente meritosos (Bento, 2022, p. 24-25).

Aqui, faz-se necessário entender a psicologia como uma instituição inserida na cultura e história do Brasil. Quais são os pactos da branquitude que fundamentam nossas teorias e práticas clínicas e institucionais? De acordo com Tavares, Jesus Filho e

Santana (2020), mesmo após a Segunda Guerra Mundial, período em que ficou evidente a ausência de argumentos biológicos capazes de fundamentar o racismo científico, não houve investimento financeiro, tampouco político, para a edificação de proposições teóricas relativas ao reconhecimento do racismo como elemento fundamental na construção do sofrimento psíquico da população negra. Os profissionais da área minimizaram e desconsideraram a questão racial no processo de patologização, encarceramento e até mesmo morte nas instituições psiquiátricas.

Para Tavares e Trad (2021), no Brasil a construção científica que aborda a questão da saúde mental da população negra ainda é ínfima. Para Damasceno e Zanello (2018) citados por Tavares e Trad (2021), é urgente a incorporação deste tema na agenda da Psicologia Clínica. Para as autoras:

> A escassez de publicações sobre esse tema pode se relacionar, em parte, com o fato de que Psiquiatria e Psicologia contribuíram até um certo momento com teorias e práticas para justificar e perpetuar a discriminação racial ao defender e 'demonstrar' a suposta inferioridade psíquica, moral e social dos não brancos. Como representantes do racismo científico do século XIX até meados do século XX, os profissionais dessas áreas associavam características fenotípicas a comportamentos socialmente indesejados, propondo haver uma tendência natural dos negros ao crime e à loucura. Embasaram, portanto, as políticas brasileiras de branqueamento por meio de migração europeia e de eugenia da população negra no início do século passado, assim como o desenvolvimento do campo da criminologia e da saúde mental (Tavares; Trad, 2021, p. 169).

Ainda para Tavares e Trad (2021), embora não se defenda mais a superioridade branca, as práticas e a formação de conhecimento na Psicologia e na Psiquiatria, na atualidade, possuem como objeto central de estudo o sujeito branco, sendo fortemente influenciadas no processo de formação acadêmica pelas concepções eurocêntricas. Esses fatores contribuem para o aumento da invisibilidade ou da negação das consequências do racismo estrutural e do desconhecimento das políticas públicas direcionadas à saúde mental da população negra por parte dos profissionais. Esse fato traz luz à necessidade de uma atuação profissional competente e munida de estratégias direcionadas e sensíveis à população negra.

É, portanto, imperioso exercer uma clínica psicológica contextualizada e multirracializada, pois no Brasil, no campo da saúde mental, os critérios diagnósticos e os tratamentos mantêm a população branca como padrão de normalidade e adoecimento, ou seja, a saúde mental ainda se organiza em torno da noção de branquitude. Segundo Tavares e Trad (2021, p. 176):

> É necessário, portanto, investir na construção de uma clínica multirracializada e antirracista. Trata-se, ainda, de conceber uma assistência em saúde que compreende o sofrimento psíquico e os sintomas como parte de um contexto histórico e político resultante de mais de quatro séculos de escravização e de outros 130 anos de negação e/ou negligência das necessidades da população negra. Faz-se importante, portanto, uma assistência em saúde que reconheça que a promoção da saúde mental desta população não se limita ao processo psicoterápico, mas que este é apenas um dos diversos espaços políticos em que se deve fazer o enfrentamento do racismo.

Dessa maneira, a branquitude deve abrir-se para ser vista pelo olhar do outro, lugar a que nunca se submeteu. O olhar novo vindo de "fora" pode causar desconforto e medo. Segundo Azevedo (1987) citado por Schucman (2020), o medo pode aparecer quando o branco encontra o negro como sujeito de autodeterminação, quando a relação não se enquadra na conjuntura de dominação do branco sobre o negro, não com desejo de branqueamento, mas sim com olhos analíticos e políticos.

Segundo Bento (2022), analisar o comportamento da branquitude pode causar um "curto-circuito" com a mudança da hierarquia preestabelecida. A estudiosa Robin DiAngelo (2020) citada por Bento (2022) chama isso de "fragilidade branca". Essa fragilidade é descrita como um estado de estresse, quando a questão racial é colocada em voga. Quando convidadas ao debate racial, pessoas brancas tendem a reagir defensivamente, com medo e culpa. São essas algumas situações que geram esse quadro de autodefesa:

> Dificuldade de as pessoas brancas reconhecerem que o acesso a oportunidades e recursos é diferente para vários grupos raciais. Ou seja, não querem questionar o mito da meritocracia; Deparar-se com pessoas negras em posição de liderança. Isso desafia a autoridade branca; Participar de atividades em que pessoas negras falam de racismo de maneira direta, desnudando códigos da branquitude; e serem racializadas, já que pessoas brancas se veem e são vistas como universais (Bento, 2022, p. 112).

Saber mapear essas fragilidades é o primeiríssimo passo para que a Psicologia como instituição possa formar profissionais e arcabouço científico pautados na diversidade. Caso contrário, pode (continuar a) atuar de maneira tenebrosa e mantenedora de padrões racistas que causam imenso sofrimento à população negra, que representa 54 % da população brasileira (mais da metade da nossa população), como demonstra o IBGE.

O processo de desenvolvimento do psicólogo não pode estar mais voltado para si mesmo, pois sua função social é servir a população e esse servir é indolente, quando o profissional não é capaz de se ver. Torna-se, assim, desserviço.

O psicólogo deve ser capaz de realizar um processo de metalinguagem consigo e com a própria Psicologia, como diz Ignácio Martín-Baró (1998, s/p, tradução nossa): "Realizar uma Psicologia da libertação exige primeiro alcançar uma libertação da Psicologia"[1]. Bem como ter a certeza de que "quem só de Psicologia sabe, nem de psicologia sabe", frase de autor desconhecido, que circula pelas ruas brasileiras.

Assumir o desconforto de sair de um lugar confortável para a branquitude, mas predador para o restante massivo da população brasileira, é tarefa tardia e urgente. De acordo com Jung (2013a), se o psicoterapeuta se sentir como uma autoridade diante do seu paciente e tiver a pretensão de saber sobre a sua individualidade, atuará com falta de senso crítico, pois não reconhecerá sua limitação em perceber a totalidade do outro ser que está a sua frente.

> Mas como tudo o que vive só é encontrado na forma individual, e visto que só posso afirmar sobre a individualidade de outrem, o que encontro em minha própria individualidade, corro o risco, ou de violentar o outro, ou de sucumbir por minha vez ao seu poder de persuasão. Por isso, quer queira quer não, se eu estiver disposto a fazer o tratamento psíquico de um indivíduo, tenho que renunciar à minha superioridade no saber, a toda e qualquer autoridade e vontade de influenciar (Jung, 2013a, §2).

Ainda para o Jung (2013a), o psicoterapeuta deve optar por um método dialético, que se baseia no confrontamento mútuo de ideias. Mas esse processo só é possível se o profissional deixar ao outro a ampla oportunidade de expressar seu material da maneira mais completa possível, sem limitá-lo com seus próprios pressupostos. Dessa maneira, o sistema do paciente relaciona-se com o do psicoterapeuta e produz um efeito dentro do próprio profissional. Significa tirar o processo dialético do papel e colocá-lo em pauta.

---

[1] No original em espanhol: "Realizar una Psicología de la liberación exige primero lograr una liberacíon de la psicología".

CAPÍTULO 3

A SOMBRA DA BRANQUITUDE

Para poder adentrar um espaço que contemple a diversidade com a consciência plena das consequências históricas do Brasil, a Psicoterapia tem o dever de rever-se, revisitar-se e não titubear em se transformar. Não somente a Psicologia como instituição, mas sim todo psicólogo em sua esfera individual e coletiva.

Reconhecer a incapacidade de possuir total conhecimento sobre si mesmo é fundamental. Além disso, é imprescindível compreender nossos processos psíquicos conscientes ou inconscientes, culturais e históricos.

A Psicologia Analítica possui um arcabouço de conceitos importantes que podem e devem ser utilizados na promoção e na construção de uma clínica psicológica antirracista. Conceitos como *sombra* e mecanismos de projeção possuem alto valor no manejo clínico, pois possibilitam a análise profunda e comprometida do profissional, para que ele possa realizar um mergulho em si e consiga reconhecer e analisar sua branquitude, bem como suas consequências históricas e estruturais. Essa análise tem origem no olhar do outro sobre si, lugar esse que pessoas brancas ainda não estão habituadas a vivenciar, contudo a Psicologia Analítica nos convida a fazê-lo de maneira constante.

Como aponta Whitmont (1990), o termo *sombra* é utilizado em referência à porção da personalidade que foi reprimida, por não se identificar com a visão de ego ideal. O ser humano possui a errônea ilusão de conhecer a si mesmo e de já haver lidado adequadamente com seus problemas pessoais. Assim, essa experiência arquetípica, a *sombra*, atua no mundo da "outra pessoa":

> É o anseio arquetípico do bode expiatório, de alguém para culpar e atacar a fim de se obter justificativa e absolvição; é a experiência arquetípica do inimigo, a experiência da culpabilidade que sempre adere a outra pessoa (Whitmont, 1990, p. 146).

De acordo com Zweig e Abrams (1994), a *sombra* é, por definição, inconsciente e nem sempre é possível identificar se o sujeito está sob o domínio de alguma fração compulsiva dos conteúdos da *sombra*. Tudo que possui substância e materialidade produz sombra. O ego está para a *sombra*, assim como a luz está para as trevas. Essa característica nos torna seres humanos, pois somos naturalmente seres imperfeitos. No momento em que somos confrontados com esse lado inconsciente e desconfortável, utilizamos imagens e metáforas para contemplar o encontro com o mundo sombrio: confronto com os nossos demônios, luta contra o diabo, descida aos infernos.

De acordo com Hopke (2012, p. 95), estão contidas nos aspectos da *sombra*, segundo o conceito junguiano, todas as nuances desagradáveis e imorais da personalidade que queremos fingir que não existem ou que até mesmo não geram efeitos em nossa vida cotidiana: "Nossas inferioridades, nossos impulsos inaceitáveis, nossos atos e desejos vergonhosos – formam um lado sombrio de nossa personalidade que é difícil e doloroso de assumir". Ainda para o autor, a percepção egoísta da própria personalidade sente-se desafiada em sua autonomia e, assim, entende a *sombra* como sendo uma grande ameaça, um conteúdo tenebroso, irritante e inconveniente.

Para Sandford (1988, p. 64):

> O termo "sombra", como conceito psicológico, refere-se ao lado obscuro, ameaçador e indesejado da nossa personalidade. Nossa tendência, no desenvolvimento de uma personalidade consciente, é buscarmos incorporar uma imagem daquilo que gostaríamos de ser. As qualidades que pertenceriam a essa personalidade consciente, mas que não

> estão de acordo com a pessoa que queremos ser, são rejeitadas e vêm constituir a sombra.

A *sombra* é um problema de ordem moral, pois desafia a personalidade do eu como um todo, já que ninguém é capaz de estar consciente da realidade sem se conectar com energias morais. Relacionar-se com a *sombra* é tomar consciência dos aspectos obscuros da personalidade. Esse processo é basilar para o caminho do autoconhecimento, porém frequentemente gera resistência. O trabalho com a *sombra* é árduo e demanda tempo, mas com boa vontade, ela pode se integrar à personalidade. Todavia, o processo de resistência causado pelo controle moral é denso (Jung, OC. vol. IX/2).

> De modo geral, estas resistências ligam-se a projeções que não podem ser reconhecidas como tais e cujo conhecimento implica um esforço moral que ultrapassa os limites habituais do indivíduo. Os traços característicos da sombra podem ser reconhecidos, sem maior dificuldade, como qualidades pertinentes à personalidade, mas tanto a compreensão como a vontade falham, pois a causa da emoção parece provir, sem dúvida alguma, de outra pessoa. Talvez o observador objetivo perceba claramente que se trata de projeções. Mas há pouca esperança de que o sujeito delas tome consciência (Jung, OC. vol. IX/2, §16).

Para Bly (1994), cada parte da personalidade humana que não é benquista se torna hostil a nós. O ser humano possui a capacidade de projetar nos outros e sobre os outros esses conteúdos inconscientes. Como aponta Sandford (1988), projetamos em outras pessoas conteúdos obscuros que não queremos aceitar.

> Projeção é um mecanismo psicológico inconsciente que ocorre sempre que uma parte de nossa personalidade, quando ativa, não tem relação com a consciência. Essa parte não reconhecida, mas muita viva em nós, projeta-se sobre outras pessoas de tal modo que vemos algo nos outros que realmente é parte de nós mesmos, o que provocará resultados

> negativos à medida que os relacionamentos se processam. Se outras pessoas carregam para nós a projeção do nosso próprio lado obscuro, que odiamos, reagiremos a elas de modo condizente. Passaremos então a odiá-las ou teme-las e não as veremos como elas são, com compreensão e discernimento objetivo, mas iremos encará-las a partir de nossa sombra menosprezada. Por essa razão, quando encontramos alguém que odiamos, faremos bem em parar e perguntar a nós mesmos se nosso ódio não teria emergido porque alguma coisa em nós, da qual não gostamos, foi projetada sobre a outra pessoa. [...] Isso pode acontecer especialmente no caso de áreas de preconceito racial. No preconceito racial, vemos as pessoas de uma certa raça, grupo religioso ou minoria étnica a partir da sombra. (Sandford, 1988, p. 77).

De acordo com Jung (2014a), a humanidade encontra-se nas fronteiras das ações que ela mesma produz, das quais, porém, não tem controle. Descobrir sua insuficiência causa um estado de terror e de desagradável sensação. Questionar a supremacia da consciência é polemizar o próprio segredo do sucesso humano. Isso gera insegurança, e a resposta correta a esse processo, apesar do imenso receio, é a de saber a origem dessa ameaça. Demonstrar abertura para conhecer essa origem é uma verdadeira prova de coragem que afugenta a maioria das pessoas, pois o encontro consigo mesma é desagradável. Muitas vezes, é mais simples projetar o nosso lado negativo no mundo externo. Ser capaz de ver sua própria *sombra* não é suficiente. É necessário também ser capaz de suportá-la. A *sombra* é uma parte viva da personalidade e, por isso, tende a comparecer. Não é possível anulá-la com argumentos racionais e esta constatação não é agradável. Deve-se, então, reconhecer que existem problemas insolúveis por nossos próprios meios. Admitir isso é uma enorme vantagem na construção de seres honestos e autênticos que caminham em direção ao Si-mesmo.

De acordo com Jung (2014), estar disposto a caminhar em direção ao Si-mesmo significa correr o risco do fatal encontro consigo:

> O espelho não lisonjeia, mostrando fielmente o que quer que nele se olhe; ou seja, aquela face que nunca mostramos ao mundo, porque encobrimos com a persona, a máscara do autor. Mas o espelho está por detrás da máscara e mostra a face verdadeira. Esta é a primeira prova de coragem no caminho interior, uma prova que basta para afugentar a maioria, pois o encontro consigo mesmo pertence às coisas desagradáveis que evitamos, enquanto pudermos projetar o negativo à nossa volta. Se formos capazes de ver nossa própria sombra, e suportá-la sabendo que existe, só teríamos resolvido uma pequena parte do problema (Jung, 2014a, §43).

Ter a consciência de que a própria dinâmica da psique nos leva a projetar conteúdos desagradáveis no outro constrói um ambiente de humildade e paciência para que possamos caminhar com mais flexibilidade em relação às consequências dos poderosos mecanismos de projeção da *sombra*. Para Whitmont (1994, p. 145), a projeção embaça a visão do outro:

> Mesmo quando as características são características reais da outra pessoa a reação afetiva que marca a projeção aponta para o nosso complexo tonalizado pelo afeto, que embaça a nossa visão e interfere como nossa capacidade de ver objetivamente e nos relacionar humanamente. [...] Quando ocorre uma projeção da sombra, não somos capazes de diferenciar a realidade da outra pessoa dos nossos próprios complexos. Não distinguimos fatos de fantasias. Não podemos ver onde nós começamos e o outro termina. Não podemos vê-la; nem tampouco ver a nós mesmos.

De acordo com Miller (1994), um caminho possível para encontrar a *sombra* pessoal é realizar uma análise das projeções. A projeção é um mecanismo inconsciente ativado toda que vez que um traço ou uma característica da personalidade emerge e não se relaciona com a consciência. Como resultado desse processo inconsciente, observamos esse traço pessoal no outro, no mundo externo, e reagimos a ele. "Vemos nos outros algo que é parte de nós, mas que deixamos de ver em nós" (Miller, 1994, p. 60).

De acordo com Faustino (Deivison [...], 2022), estudioso da obra de Franz Fanon, demonstra que Fanon explora as projeções dos povos europeus nos povos africanos. Aos negros, foram projetados todos os conteúdos de violência, sexualidade e animalidade. A autovisão de "povo civilizado" não permitia o encontro com a própria *sombra*, reconhecendo sentimentos genuinamente humanos, mas que eram totalmente marginalizados à época. O branco criou o negro e, dessa forma, criou a si próprio.

Pesquisadora preta autora do livro *Como ser um educador antirracista*, Bárbara Carine Soares Pinheiro (2023) explora maneiras de se educarem as novas gerações para que não repliquem conceitos estruturais do racismo. Afirma que constantemente escuta pessoas brancas perguntando qual é o seu papel em uma luta antirracista. A pesquisadora afirma que primeiramente pessoas brancas devem ser também racializadas, para que possam, enfim, compreender o racismo e o antirracismo.

> É muito comum, dentro de um trabalho pedagógico em sala de aula, pautarmos uma prática voltada à educação para as relações étnicos-raciais (ERER) e os professores instantaneamente associarem tal ação a falar de pessoas indígenas, ou de gente negra. Esses profissionais dificilmente pensam em dar uma aula sobre branquitude. Não pensam em abordar, por exemplo, a história da ciência apresentando os maiores nomes de cientistas conhecidos no Ocidente problematizando o fato de serem todos homens brancos e explicando que isso não é por conta de um atributo genético de genialidade reservado a eles, mas sim fruto de uma construção social racista que os privilegia. Não pensamos em práticas pedagógicas que problematizem o privilégio branco no âmbito da ERER por que pessoas brancas não são racializadas. Por mais que a branquitude tenha criado o conceito de raça, essas pessoas se veem e se projetam no lugar

> de "ser genérico" de "sujeito universal"; elas, em si, são a representação do humano; racializados são os outros, os afastados da humanidade padrão, são o 'menores', os menos 'humanos'. Há quem diga que isso é um grande mimimi, mas não é. É mimimi só para quem tem benefícios do racismo e tem fascínio pelos seus privilégios (Pinheiro, 2023, p. 36).

A branquitude colocou na ideia de *negro* todos os componentes humanos que não tinha a coragem de reconhecer em si mesma. Tudo aquilo que não é integrado pela consciência emerge pelo viés da *sombra* e, consequentemente, adentra o mecanismo das projeções. Constrói no outro tudo aquilo que lhe pertence. As consequências desse processo são trágicas – para o branco e, de maneira substancial, para o negro.

Para Fanon (2020, p. 126):

> Então nos coube enfrentar o olhar branco. Um peso fora do comum passou a nos oprimir. O mundo real disputava o nosso espaço. No mundo branco, o homem de cor encontra dificuldades na elaboração do seu esquema corporal. O conhecimento do corpo é uma atividade puramente negacional. É um conhecimento em terceira pessoa. Ao redor do corpo, reina uma atmosfera de clara incerteza. Eu sei que, se quiser fumar, precisarei esticar o braço direito para alcançar o maço de cigarros que está na outra ponta da mesa. Os fósforos, por sua vez, estão na gaveta da esquerda; precisarei recuar um pouco. E todos esses gestos, eu os faço não por hábito, mas por um reconhecimento implícito. Lenta construção do meu eu enquanto corpo no interior de um mundo espacial e temporal, parece ser esse o esquema. Ele não se impõe a mim, é em vez disso uma estruturação definitiva do eu e do mundo – definitiva, porque se estabelece uma dialética efetiva entre meu corpo e o mundo.

As projeções ativadas ergueram camadas na construção da subjetividade do negro – e do branco também. Estar no lugar social da branquitude constitui um espaço de privilégios não identificados, gerando consequências sociais, como a manutenção do racismo estrutural, ainda invisível a boa parte da população mundial. Ao unir o conceito de *sombra* ao mecanismo de projeção e à construção histórica da branquitude, é possível compreender o conceito da *sombra* da branquitude. A *sombra* da branquitude é o lugar psicológico de cegueira onde repousam conteúdos racistas e a ausência da noção dos privilégios entregues à branquitude, bem como suas consequências. A atuação dessa *sombra* causa o embaçamento da visão de si mesmo e do outro. É importante ressaltar que a *sombra* da branquitude pode atuar no âmbito individual e no coletivo, pois está presente também nas instituições.

O racismo estrutural adentra as instituições, formando o racismo institucional. De acordo com Almeida (2020), o racismo institucional é uma realidade devastadora no Brasil. As instituições atuam na construção de regras e imposições de padrões sociais que atribuem privilégios a um determinado grupo racial em detrimento de outros.

Para Bento (2022), o racismo institucional é caracterizado por ações em nível organizacional que independem da intenção de discriminar, mas acabam tendo impactos negativos em membros de um determinado grupo.

É salutar que a Psicologia como instituição faça essa reflexão. Quais artigos da Resolução CFP n.º 18/2002 estão entrando em um ponto cego? Os estudiosos do Direito, por exemplo, afirmam não existir lacuna no ordenamento jurídico e que, em casos de omissão legislativa, deve o intérprete da lei adotar a analogia e os princípios gerais do Direito para equacionar uma demanda.

Foi o que fez a Suprema Corte brasileira ao equiparar o crime de injúria racial ao crime de racismo ao negar a ordem de habeas corpus 154248. O precedente jurisprudencial é emblemático e merece ser citado no presente trabalho como exemplo positivo de utilização do arcabouço jurídico e das estruturas de estado com vistas a conferir efetividade a um dos objetivos fundamentais da República Federativa do Brasil: promover o bem de todos, sem preconceitos de origem, raça, sexo, cor, idade e quaisquer outras formas de discriminação (CF Art. 3º, IV). Veja-se como decidiu a Suprema Corte (Brasil, 2021):

> EMENTA: HABEAS CORPUS. MATÉRIA CRIMINAL. INJÚRIA RACIAL (ART. 140, § 3º, DO CÓDIGO PENAL). ESPÉCIE DO GÊNERO RACISMO. IMPRESCRITIBILIDADE. DENEGAÇÃO DA ORDEM.
>
> 1. Depreende-se das normas do texto constitucional, de compromissos internacionais e de julgados do Supremo Tribunal Federal o reconhecimento objetivo do racismo estrutural como dado da realidade brasileira ainda a ser superado por meio da soma de esforços do Poder Público e de todo o conjunto da sociedade.
>
> 2. O crime de injúria racial reúne todos os elementos necessários à sua caracterização como uma das espécies de racismo, seja diante da definição constante do voto condutor do julgamento do HC 82.424/RS, seja diante do conceito de discriminação racial previsto na Convenção Internacional Sobre a Eliminação de Todas as Formas de Discriminação Racial.
>
> 3. A simples distinção topológica entre os crimes previstos na Lei 7.716/1989 e o art. 140, § 3º, do Código Penal não tem o condão de fazer deste uma conduta delituosa diversa do racismo, até porque o rol previsto na legislação extravagante não é exaustivo.
>
> 4. Por ser espécie do gênero racismo, o crime de injúria racial é imprescritível.
>
> 5. Ordem de habeas corpus denegada.

No citado julgamento, o ministro Edson Fachin lembrou que é necessário interpretar de forma plena o que é previsto pela Constituição para produzir resultados efetivos e extirpar essa prática,

> [...] promovendo uma espécie de compensação pelo tratamento aviltante dispensado historicamente à população negra no Brasil e viabilizando um acesso diferenciado à responsabilização penal daqueles que, tradicionalmente, vêm desrespeitando os negros (Brasil, 2021, s/p).

Na mesma oportunidade, o ministro Luís Roberto Barroso observou que, "embora com atraso, o país está reconhecendo a existência do racismo estrutural" (Brasil, 2021, s/p). Ele salientou que não são apenas as ofensas, pois muitas vezes a linguagem naturalizada embute um preconceito: "Não podemos ser condescendentes com essa continuidade de práticas e de linguagem que reproduzem o padrão discriminatório" (Brasil, 2021, s/p).

Pois bem, identificar as nuances do racismo estrutural e institucional, implica olhar para dentro e para fora, realizando assim a tensão de opostos necessária ao real crescimento da psique, buscando a totalidade e a vivência do *Self*. Portanto, a *sombra* é formada, de acordo com Franz (1992), como um mecanismo imperceptível e involuntário, que atua de modo inconsciente de um fato psíquico e subjetivo para um objeto exterior. Este conteúdo projetado funciona como um gancho psíquico, "assim todo contemporâneo normal com caráter reflexivo mediano está ligado ao meio ambiente por todo um sistema de projeções inconscientes" (Franz, 1992 *apud* Jung, 2013, p. 15). Por isso, enfrentar todas as camadas do racismo estrutural vivenciado nas esferas políticas, econômicas e institucionais gera uma reação de resistência, pois a atuação da branquitude tem sido eficaz ao manter esse cenário de status quo. A projeção atua como um poderoso mecanismo de cegueira, funcionando com um mecanismo de defesa.

> A existência ou a necessidade de uma sombra é um fato arquetípico humano geral, já que o processo de formação do ego – o choque entre a coletividade e a individualidade – é um padrão humano geral. A sombra é projetada de duas maneiras: individualmente, na forma das pessoas a quem atribuímos todo o mal; e coletivamente, em sua forma mais

geral, como o Inimigo, a personificação do mal (Whitmont, 1994, p. 147).

De acordo com Whitmont (1994), quando ocorre a projeção da *sombra* o sujeito é incapaz de diferenciar a realidade da outra pessoa dos seus próprios complexos. Não é possível distinguir a realidade fatídica da fantasia, não sendo possível ter a percepção de onde um ser começa e outro termina. Não é possível enxergá-la, nem tampouco ver a si mesmo.

De acordo com Jung (2014), uma grande infelicidade da nossa cultura é o fato de termos imensas dificuldades em perceber nossos próprios sentimentos, ou seja, sentir coisas que nos dizem respeito. Em diversas situações sentem apenas o afeto causado por uma dada situação, mas são incapazes de perceber sua reação de sentimento. Muitas vezes, esse afeto é percebido apenas por uma resposta fisiológica. Contudo, o sentimento não vem acompanhado de respostas físicas e por isso é tão fundamental vivenciar a vida ao lado do outro.

> E desse modo é necessário que as nossas vivências passem primeiramente por um real processo vivencial. Podemos ter qualquer tipo de vivência; mas, se passarmos por ela sozinhos, então é como se não tivéssemos de fato nos dado conta. É preciso que dividamos com alguém, assim teremos a possibilidade de tomar consciência de forma plena. E somente então somos capazes de perceber o que certas vivências significam para nós em nossos sentimentos. Muitas vezes percebemos que, quando esses sentimentos não se tornam conscientes, coisas em nós estagnam podendo desdobrar-se a partir dos mais estranhos efeitos totalmente incompreensíveis para nós (Jung, 2014, p. 14).

Para que os profissionais da saúde mental possam estar conscientes e presentes nos seus sentimentos, é importante identificar gatilhos que desencadeiam a fragilidade branca. De acordo com Diangelo (2020, p. 212), a fragilidade branca é "um mecanismo eficaz para negar a existência do racismo e porque permite que os brancos se sintam confortáveis com a posição privilegiada que ocupam". Existe uma série de situações que geram desconforto à branquitude como, por exemplo, pessoas não brancas discutindo sobre perspectivas raciais, temas que destacam o lugar de privilégio branco e denúncias sobre ações racistas. Essas são situações que acionam atos de resistência. Dessa maneira, a fragilidade branca funciona como um mecanismo de defesa psicológico:

> As reações de uma pessoa branca confrontada em suas crenças e em sua visão de mundo variam de uma para outra, mas há um padrão geral de resposta emocional altamente defensiva; raiva, vergonha; medo ou culpa são os sentimentos mais comuns e decorrem do medo de ser julgado como uma pessoa má. Essas emoções, por sua vez, levam a discussões, choro ou outro comportamento evasivo, como afastar-se ou fugir discretamente da conversa (Diangelo, 2020, p. 291).

Como aponta Sandford (1988), a resistência causada quando partes da *sombra* são ativadas ocorre por causa do sentimento de culpa, já que esta é desconfortável, logo, preferimos evitá-la.

> Muitas pessoas não amadurecem espiritualmente desse estágio infantil e simplesmente não querem carregar o fardo da culpa pelo mal pessoal ou omissões pelas quais elas são responsáveis. Entretanto, ninguém escapa do problema da culpa. Muitas pessoas carregam um considerável sentimento de culpa na maior parte do tempo, mas trata-se de uma culpa falsa. Isso significa que as pessoas se sentem culpadas pelas coisas erradas e não se responsabilizam por aquilo que, em suas vidas, seria de sua verdadeira responsabilidade. A falsa culpa nos paralisa, mas quando assumimos o apropriado fardo da responsabilidade pela pessoa imperfeita que somos, então não somos paralisados, mas nossa personalidade efetivamente cresce e se aprofunda (Sandford, 1988, p. 84).

Para lidar de modo sensato com essa culpa infantil, é fundamental distinguir a branquitude da pessoa branca. A pesquisadora Pinheiro (2023, p. 55) faz um convite às pessoas brancas:

> Eu quero ter um diálogo muito franco com as pessoas brancas, principalmente as antirracistas. Gente, o problema não é você na sua particularidade. O que se combate na luta antirracista não é o sujeito branco, mas a branquitude. Não é sobre a pessoa branca, Maria ou João. O enfrentamento é da branquitude, um termo cunhado pela teoria crítica da raça para refletir a racialização das pessoas brancas a partir dos privilégios que as unificam.

A prática de uma psicoterapia consciente de sua racialização implica na abertura do profissional para desvendar comportamentos estruturalmente tóxicos, contaminados pelo racismo, no histórico colonial brasileiro. Para que possa atuar em uma clínica racializada, o psicólogo necessita levar a sério seu processo de individuação, especialmente a relação com aspectos da sua própria *sombra*. O esquecimento seletivo da herança histórica brasileira potencializa a ação de conteúdos relacionados à *sombra*. De acordo com Bento (2022), pessoas que descendem de povos escravizados ou descendem de escravocratas recebem impactos hereditários, acumulando narrativas de dor e violência, que são refletivas na vida concreta e simbólica, na atualidade.

> Fala-se muito na herança da escravidão e nos seus impactos negativos para as populações negras, mas quase nunca se fala na herança escravocrata e nos seus impactos positivos para as pessoas brancas. É possível identificar a existência de um pacto narcísico entre coletivos que carregam segredos em relação a seus ancestrais, atos vergonhosos como assassinatos e violações cometidos por antepassados, transmitidos através de gerações e escondidos, dentro dos próprios grupos, numa espécie de sepultura secreta (Bento, 2022, p. 23).

Ainda para a autora, o herdeiro branco possui uma herança impregnada na sua subjetividade do coletivo. Esse herdeiro branco se identifica com outros herdeiros, e juntos se regozijam simbólica e concretamente de todos os benefícios oferecidos, fortalecendo-se como grupo protegido. É um pacto subjetivo não verbal com que as novas gerações se beneficiam de bens acumulados, aumentando o legado geração após geração. A aliança fortalece o lugar de privilégio experimentado por este grupo, contudo este privilégio é mal interpretado como mérito.

Como aponta Jung (OC. vol. IX/2), para reconhecer o lado sombrio é necessário vencer resistências morais, como a vaidade, presunção e cobiça. Em um primeiro momento, devem-se analisar dificuldades puramente racionais e conteúdos de projeção. Estabelecer como base a exigência da necessidade de desfazer projeções é construir um caminho saudável e a possibilidade de trilhar caminhos desconhecidos.

> Resumindo, gostaria de ressaltar que a integração da *sombra*, isto é, a tomada de consciência do inconsciente pessoal, constitui a primeira etapa do processo analítico. [...] Só se pode conhecer a realidade da *sombra* em face de um outro (Jung, OC. vol. IX/2, §42).

Dessa maneira, é possível perceber que a análise da *sombra* da branquitude é capaz de dissolver não somente as consequências nefastas do racismo estrutural para o negro, como, na mesma medida, pode trazer consciência das inflações do eu, presunção e vaidades permitidas à branquitude. Romper essas barreiras possibilita um verdadeiro relacionamento com a *sombra*, o que gera impactos positivos para o indivíduo, para as instituições e para a sociedade.

Segundo Miller (1994), um dos caminhos eficazes para se permitir o encontro com a *sombra* no cotidiano engloba ouvir a opinião dos outros:

> Podemos começar olhando o nosso reflexo além do espelho. Ao olhar no espelho, vemos apenas o reflexo de nós mesmos do modo como preferimos nos ver. Ao olhar além do espelho, vemos a nós mesmos de modo como somos vistos (Miller, 1994, p. 61).

De acordo com Edith Piza (2002) e Ruth Frankenberg (1999) citadas por Schucman (2020), a invisibilidade branca é algo característico da identidade racial branca, ou seja, há uma falta de percepção do indivíduo branco como ser racializado; assim, a brancura é vista pelos sujeitos brancos como algo "natural", carregado da ideia de normalidade. Os não brancos são aqueles que possuem a visibilidade de raça. Não se trata somente da invisibilidade da cor, mas da invisibilidade da cor e de outros traços fenotípicos para uns e a neutralidade para outros. As consequências da visibilidade para o negro são bem conhecidas, mas a neutralidade do branco é considerada natural. Para Schucman (2020), a invisibilidade branca faz com que esse grupo racial possa se perceber como "universal" e "padrão".

É fundamental refletir que a Psicologia hoje no Brasil é formada por maioria de profissionais brancos. As teorias que fundamentam massivamente o conhecimento dentro da Psicologia foram realizados por pessoas brancas. Quais são as consequências desse fato? Como aponta Bento (2022), a essência da branquitude está relacionada a um conjunto de práticas culturais não nomeadas e não marcadas, pois existe um silêncio e uma ocultação delas, permitindo ao branco olhar para si mesmo por um ponto de vista e analisar os outros e a sociedade por outro ponto de vista.

> Um ponto de inflexão fundamental adotado por mim em meu doutorado foi atentar para duas linhas de estudos sobre as relações raciais no Brasil: de um lado, pensadores de meados do século XIX, que afirmavam que os negros eram inferiores biologicamente e por isso foram escravizados, de outro, quase um século depois, estudiosos mais progressistas defendiam que os negros não eram inferiores biologicamente, mas, como foram escravizados, acabaram psicologicamente deformados. É interessante destacar que nenhum desses grupos de estudiosos apontou a existência de uma "deformação" na personalidade do escravizador, isto é, do branco (Bento, 2022, p. 62).

A tese de doutorado de Bento (2002) citada por Bento (2022) também demonstra que objetiva e subjetivamente, ontem e hoje, podemos encontrar referências e relatos que vinculam a situação do negro na atualidade como consequência do seu passado escravizado, porém o grupo étnico branco desapareceu desse contexto, como se não fizesse parte desse mesmo passado e não carregasse como consequência nenhuma herança.

> Descendentes de escravocratas e descendentes de escravizados lidam com heranças acumuladas em histórias de muita dor e violência, que se refletem na vida concreta e simbólica das gerações contemporâneas. Fala-se muito na herança da escravidão e nos seus impactos negativos para as populações negras, mas quase nunca se fala na herança escravocrata e nos seus impactos positivos para as pessoas brancas (Bento, 2022, p. 23).

De acordo com Sodré (2017), sair da lógica filosófica unilateral europeia nos permite ver o mundo de vários ângulos existentes e que são silenciados pela hegemonia branca. Dar voz a outras perspectivas filosóficas e bases culturais constrói um alargamento de conhecimentos cognitivos que é benéfico para todos da sociedade. Afinal, ter mais possibilidades é mais libertador.

> O que levantamos é a possibilidade de se transformar a visão de um fenômeno evidente em um fenômeno surpreendente, o que implica abrir novos caminhos cognitivos a partir dos elementos que se captam na observação dos fatos de uma nova iluminação. Isto pode corresponder àquilo que o fisiologista húngaro-americano Albert Szent-Gyorgy (Prêmio Nobel de Medicina em 1937) chamava de "descoberta", ou seja, "ver o que todo mundo viu e pensar o que ninguém pensou" (Sodré, 2017, p. 25).

À branquitude será engrandecedor ser vista pelo outro. Um outro que a própria branquitude criou. Um outro que não existe, mas que sofre duras penas por "existir". O benefício de desvelar esse processo é mútuo e capaz de desconstruir ilusões tão prejudiciais ao processo de se tornar humano e verdadeiramente democrático.

CAPÍTULO 4

POR UMA PSICOLOGIA ANTIRRACISTA

Apesar de ter sido escrita no início do século XX, a teoria junguiana é vanguardista em aspectos de reflexão sobre a prática da Psicoterapia e exclusivamente se propõe a utilizar o próprio psicoterapeuta como objeto de estudo. Habilidade extremamente bem-vinda nos dias atuais, quando somos convidados a revisitar nossa prática e incluir nela uma grande narrativa do povo brasileiro, em sua totalidade, sem omissões.

Para Jung (2013a), a Psicoterapia não é um método simplório, pois, pouco a pouco, foi-se percebendo uma necessidade de se mostrar como um processo dialético, prática mais comum ao campo da filosofia. O autor faz uma crítica bem embasada às terapias por sugestão em que seus métodos pressupõem formas genéricas de se compreender o ser humano.

Se a Psicologia Clínica atual não conhece os métodos, as práticas e a construção científica de como lidar com o sofrimento psíquico da população negra, bem como a branquitude que a constitui, com certeza vai agir de maneira arbitrária, por sugestão e provavelmente reproduzir cenários de violência racial e psíquica dentro de sua própria clínica, sem nem ao menos ter consciência disso, já que a branquitude se sustenta por meio do esquecimento de sua própria história.

O terapeuta deve lançar mão de todos os seus pressupostos teóricos e focar-se em um processo profundamente dialético. Isso não significa renunciar todas as teorias, e sim ampliar e incluir conhecimentos. Em outras palavras: "o terapeuta não é mais um sujeito ativo, mas ele vivencia junto um processo evolutivo individual" (Jung, 2013a, §7). O seguinte trecho aborda a visão do autor sobre a necessidade de o psicoterapeuta também estar em análise para poder participar da dialética necessária à psicoterapia junguiana:

> Não quero dar a impressão de que esses conhecimentos caíram do céu sem mais nem menos. Eles têm sua história. Embora eu tenha sido o primeiro a levantar a exigência de análise para o próprio analista, é a Freud que devemos principalmente a inestimável descoberta de que os analistas também têm complexos, e, portanto, um ou mais pontos cegos, que atuam como outros tantos preconceitos. O psicoterapeuta aprendeu isso com os casos em que não conseguia mais interpretar e conduzir o paciente do alto de sua suficiência ou do alto de sua cátedra, abstraindo sua própria personalidade, mas percebia que sua maneira ou atitude particular estavam impedindo a cura do paciente. Aquilo que não está claro para nós, porque não o queremos reconhecer em nós mesmos, nos leva a impedir que se torne consciente no paciente, naturalmente em detrimento do mesmo. A exigência de análise para o próprio analista tem em vista a ideia do método dialético. Como se sabe, o terapeuta nele se relaciona como outro sistema psíquico, não só para perguntar, mas também para responder; não mais como superior, perito, juiz e conselheiro, mas como alguém que vivência junto, que no processo dialético se encontra em pé de igualdade com aquele que ainda é considerado o paciente (Jung, 2013a, §8).

Esse texto foi abordado em uma conferência realizada na Associação de Medicina de Zurique em 1935 e definitivamente não poderia ser mais atual. A compreensão de que os complexos do próprio analista podem culminar em preconceitos a respeito do seu paciente é fundamental. As ideias não necessariamente explícitas, mas verdadeiramente presentes, sobre a branquitude atuam na Psicologia Clínica brasileira. A necessidade de o analista também estar em processo analítico para as demandas da atualidade é imperativa. O momento exige o conhecimento da história, da

Psicologia Social e das Ciências Sociais para que se possa englobar e compreender a alma do seu próprio povo, incluindo sua própria.

Sair do lugar de juiz, conselheiro e perito é o início do rompimento do pacto da branquitude e da fragilidade branca. Se faz urgente a conclusão de que, para Jung (2013a), o diálogo analítico entre médico e paciente inclui necessariamente a personalidade do próprio médico, já que ambos os sistemas psíquicos se inter-relacionam. No que tange à formação de profissionais antirracistas, de acordo com Pinheiro (2023, p. 61):

> O papel da branquitude na luta antirracista é o papel de quem criou o racismo, então compreendo que as pessoas brancas críticas terão que construir por si só esses caminhos, até porque essa atuação está no campo existencial da branquitude e nós, negros, pouco conhecemos as suas nuances, pois não transitamos nos mesmos lugares, seja territorial ou subjetivamente. As pessoas brancas têm um papel importante na luta antirracista. Obviamente que não é um papel tutelador, infantilizador de pessoas negras, mas sim um papel que se relaciona com o seu próprio campo de atuação, com o que elas podem fazer nos espaços em que não estamos.

Contudo, com a hierarquia construída dentro das relações de poder, incluindo o âmbito das instituições de saúde mental, o lugar do psicólogo/médico segue em uma lógica de dominação e suposto saber. Dinâmica adoecedora da população negra brasileira e embotadora dos representantes da branquitude.

Como aponta Jung (2013c), quanto mais o conhecimento consegue penetrar a essência do psiquismo, mais aumenta a possibilidade de multiplicidades, estratificações e variedades do ser humano; assim, engloba-se um maior sortimento de pontos de vista e de métodos, para que seja possível a diversidade das disposições psíquicas.

Será que a presunção da branquitude achou que nossos métodos e nossas práticas já haviam alcançado um lugar apoteótico, finalizado e irretocável no século XXI? Ler as palavras de

Jung com engajamento significa estar disposto a retocar, destruir e reconstruir nossa prática diária. Afinal, de acordo com Pinheiro (2023, p. 80), aprender dói.

> Aprender não é um processo trivial; costumo dizer que o processo de aprendizagem "desrespeita" as estruturas cognitivas. Não é à toa que geralmente as pessoas são fundamentalistas em seus conhecimentos e só querem saber o que já sabem. Aprender "dói", tanto do ponto de vista psíquico, no sentido de se apropriar de novo e reestruturar seu pensamento a partir deste, quanto do ponto de vista social.

Segundo Jung (2013c), é importante construir uma teoria capaz de funcionar como um fio condutor para o autoconhecimento. Dessa forma, não existe autoconhecimento baseado somente em pressupostos teóricos, pois o real objetivo da construção do saber é o indivíduo, ou seja, a exceção. Sendo assim, não é o universal e o regular que descrevem o indivíduo, mas sim tudo aquilo que é único. Para o autor, o ser humano deve ser compreendido como uma unidade comparável, ou seja, deve ser visto como uma unidade inteira, ao mesmo tempo que deve ser analisado e comparado com o outro. Para que isso aconteça, é necessário que a Antropologia de validade universal e a Psicologia que segue uma ideia de homem médio tenham a clareza de que, dessa forma, perdem todos os traços singulares do indivíduo. Esses são, porém, os traços mais importantes para a real compreensão do homem. Para conhecer o homem em sua singularidade e realizar novos questionamentos livres de preconceitos, deve-se abdicar de todo o conhecimento científico do homem médio e renunciar essa teoria.

Com esse pensamento dialético, Jung nos faz um importante convite à complexidade e à subjetividade. Nessa linha, hoje é possível compreender que a ideia de "homem médio" é construída com base no homem branco como modelo de universalidade e padrão de normalidade.

De acordo com Sodré (2017), o conceito de "universal" carrega em si uma construção simbólica que se relaciona intimamente com o ideal europeu. A própria filosofia no Ocidente é compreendida como universal e original. Constrói padrões de "humanidade" dentro da sua própria visão de mundo, em que sua sociedade é o padrão de formações ideológicas, como sua língua, o cristianismo, a filosofia, o padrão estético e a relação de domínio com Outros povos. Essa lógica "humanista" é capaz de abrigar a discriminação do Outro, tornando o racismo uma lógica humanista.

> Essa ideia de "humanidade" – fachada ideológica para a legitimação da pilhagem dos mercados do Sudoeste Asiático, dos metais preciosos nas Américas e da mão de obra na África – consolida-se conceitualmente, na medida em que contribui para sustentar o modo como os europeus conhecem a si mesmos: "homens plenamente humanos" e aos outros como "anthropos", não tão plenos. O humano define-se, assim, de dentro pra fora, renegando a alteridade a partir de padrões hierárquicos estabelecidos pela cosmologia cristã e implicitamente referendados pela filosofia secular. Desta provém o juízo epistêmico de que o Outro (anthropos) não tem plenitude racional, logo. Seria ontologicamente inferior ao humano ocidental. É um juízo que, na prática, abre caminho para a justificação das mais inomináveis violências (Sodré, 2017, p. 14).

Como aponta Jung (2013c), para ter a compreensão de um ser humano ou de si, devem-se abandonar todos os pressupostos teóricos. Essa é uma renúncia que culmina em um grande sacrifício, pois a atitude científica não pode abrir mão da consciência de sua responsabilidade. De acordo com Jung (2013c, §496):

> Se o psicólogo em causa for um médico que não apenas pretende classificar seus pacientes segundo as categorias científicas, mas também deseja compreendê-los, ficará, em certas situações, exposto a uma colisão de direitos entre duas partes opostas e excludentes: de um lado, o conhecimento e, de outro, a compreensão. Esse conflito não se resolve

com uma alternativa exclusiva – "ou ou" – e sim por uma via dupla do pensamento: fazer uma coisa sem perder a outra de vista.

O psicólogo deve suportar o peso dessa contradição. Suportar esse processo é evidência de competência profissional. O encontro íntimo com a *sombra* é claro, e a semeadura do processo de individuação é indispensável.

Para Hollis (1998), a obra da individuação obriga uma expansão da consciência e nenhum de nós pode se dar ao luxo e ao conforto de uma postura inocente.

> Cada um de nós é uma parte da urdidura da mesma sociedade que criou o Holocausto, que perpetua o racismo, o sexismo, a superioridade da idade, a homofobia, quer participemos ativamente ou não dela. Assim, parte do legítimo desenvolvimento do indivíduo é o reconhecimento adequado da culpa, o que significa a aceitação da responsabilidade pelas consequências da própria escolha, por mais inconsciente que ela tenha sido na ocasião (Hollis, 1998, p. 31).

Para a construção de psicólogos antirracistas, é fundamental que eles tracem o caminho de autorresponsabilidade e gestão inteligente da culpa, descolando-se de aspectos coletivos, pactos de branquitude, acordos de silêncio e privilégios. Historicamente, no Brasil, a Psicologia e a Psiquiatria tiveram seu universo engendrado nesse contexto. Muitos aspectos atuam de maneira inconsciente na vida simbólica dessas profissões. Tecer um relacionamento maduro com a *sombra*, nesse sentido, é assumir que existe um sentimento de culpa, que cobra um preço. Porém, sustentar essa tensão é autorizar-se à produção criativa e transformadora.

Ao psicólogo é fundamental compreender que o resultado do seu próprio processo de individuação não apenas aumenta sua saúde mental e autoconhecimento, bem como amplia esse desenvolvimento contribuindo para a coletividade. É estar atento às múltiplas demandas subjetivas que este país continental possui, dando voz e ouvidos a diversas narrativas contadas por uma pluralidade de povos que habitam nossa terra e, com isso ser, de fato, coerente com o código de ética profissional do psicólogo, aos Direitos Humanos e a Constituição Federal Brasileira.

O psicólogo branco deve perceber que não ficará imune, pois deve integrar a sua prática "novos" conhecimentos e saberes, que implicarão estar no lugar de ser analisado também pelo outro. A transformação para a construção de psicólogos antirracistas somente ocorrerá se atingir níveis profundos da sua própria alma em relação ao mundo e estabelecer conexão com seu Si-mesmo.

A branquitude vista no espelho vai enxergar suas *sombras*, único caminho possível para que seu próprio mal deixe de ser projetado para fora. De acordo com Bento (2022), a branquitude pode apresentar personalidades autoritárias que possuem a perspectiva de que a visão de seu próprio grupo é a visão universal, normatizada, gerando um etnocentrismo. Quando essa personalidade autoritária é ativada, requer identificar um inimigo que sempre é projetado "para fora", em grupos considerados minorias, apresentando o sentimento de raiva e ressentimento social. Dessa maneira, instaura-se um conceito conflituoso de "nós e eles".

Em virtude dos fatos mencionados, é possível perceber que a falta de consciência de processos históricos e estruturais do racismo por parte dos profissionais de saúde mental reverbera a violência racial e gera sofrimento à população negra, fato que vai de encontro a todas as propostas antirracistas mencionadas no código de ética do psicólogo, especialmente na Resolução CFP n.º 18/2002. O processo de autopercepção somente será possível se esses profissionais adquirirem a capacidade de olhar para seus próprios conteúdos e, acima de tudo, permitirem ser vistos e analisados pelo "outro". Não é possível um caminho de autoconhecimento e integração da *sombra* sem atingir as nuances da totalidade, especialmente o "eu" e o "outro". É preciso dar voz a esse "outro" para que ele possa libertar o "eu" da prisão da branquitude, algumas vezes, invisível a seus próprios olhos, mas que, no Brasil, produz dor e sofrimento todos os dias a mais da metade da nossa população. Afinal, a quem servimos como profissionais?

O trabalho constante com a *sombra* da branquitude permite dar à luz uma psicologia mais democrática e inclusiva. Reconhecer seu próprio mal causa dor, porém tem efeito libertador. De acordo com Whitmont (1990), ter a ciência de que o mal da outra pessoa pode estar em nós mesmos apresenta impactos éticos e morais. É necessário ter coragem e força para não recuar nem ser esmagado pela própria visão de si. Suportar a pressão é um ato resistência. Contudo, quando é possível reconhecer a *sombra* de maneira saudável, ela pode ser uma poderosa fonte de renovação.

> Isso nos conduz ao fato fundamental de que a sombra é a porta para a nossa individualidade. Uma vez que a sombra nos apresenta nossa primeira visão da parte inconsciente da nossa personalidade, ela representa o primeiro estágio para encontrar o *Self*. De fato, não há acesso ao inconsciente e à nossa própria realidade a não ser pela sombra. Apenas quando reconhecemos aquela parte de nós mesmos que ainda não vimos ou preferimos não ver é que podemos seguir em frente, questionar e encontrar as fontes em que ela se alimenta e a base em que repousa. Por isso, nenhum progresso ou crescimento na análise é possível até que a sombra seja adequadamente confrontada – e confrontá-la significa mais que meramente conhecê-la. Só quando sofrermos o choque de ver a nós mesmos como realmente somos, e não como desejamos ou esperançosamente presumirmos ser, é que poderemos dar o primeiro passo em direção à realidade individual (Whitmont, 1990, p. 148).

Diante do exposto, o relacionamento com a *sombra* é fundamental para que o psicólogo possa atuar de maneira antirracista. Para Sandford (1988), é imprescindível reconhecer o lado sombrio que nos habita. Esse conhecimento produz poderosa mudança, trazendo benefícios a consciência, dando frutos como humildade, senso de humor e a capacidade de sermos menos críticos em relação aos outros. É essencial ao desenvolvimento de uma personalidade consciente da própria *sombra*.

> É por isso que o meio mais eficaz para vislumbrar a natureza da nossa sombra é trabalhando nossas relações humanas. Outras pessoas terão objeções quanto à nossa sombra e nos apontarão o que estamos fazendo a elas. Ouviremos o que os outros têm a nos dizer e, acatando suas objeções de coração, quando válidas, chegaremos a um reconhecimento da nossa sombra. Devida à situação perigosa que resulta da não percepção da sombra, faz-se necessário um reconhecimento da psicologia (Sandford, 1988, p. 82).

O grande desafio apresentado à branquitude é o de se permitir sair da ilusão de ser "universal" ou o padrão de normalidade, de estética, de filosofia e de cultura. É imperioso realizar o rompimento da dinâmica inconsciente de colonizador-colonizado, em que toda e qualquer cultura diferente do europeu é passível de ser descrita, analisada e julgada como "outra". Além disso, é preciso também permitir-se ser visto e analisado por esse "outro".

Como aponta Sodré (2017), a filosofia no Ocidente é entendida num sentido profundamente restritivo. É considerada uma pesquisa intelectual e não uma maneira de viver. Quando estamos abertos a conhecer outras realidades filosóficas, encontramos novas oportunidades de ver o mundo com mais possibilidades e de maneira mais abrangente.

Para Núñez (2022), a história do Brasil vem sendo contada desde o ano de 1500 pela perspectiva de colonizadores. Esse Brasil que possui o português como língua oficiosa, com o cristianismo como religião oficiosa, é uma nação de apenas um povo. O povo brasileiro de maneira genérica é uma nação que se fez por meio de etnogenocídio racista e colonial. Para sustentar a verdade hegemônica, essa narrativa apaga a existência de centenas línguas indígenas e nega as plurais formas de espiritualidade.

> Assim se organiza todo um sistema de monoculturas que impõe um único jeito de se relacionar (monocultura dos afetos), uma única forma de sexualidade (monocultura heterocissexista), um

> único deus verdadeiro (monocultura da fé) e uma monocultura contra a terra. A academia também tem sido, historicamente, uma grande aliada da colonialidade, a partir do momento em que vem construindo ao longo dos últimos séculos suas epistemologias e práticas pautadas de forma central nas perspectivas europeias, muitas das quais não só dialogam com nossas realidades como ativamente perpetuam determinados modos de subjetivação que reproduzem e atualizam a violência colonial (Núñez, 2022, p. 49).

De acordo com Jung (2012), a sociedade europeia, no início do século XX, tinha uma visão excessivamente materialista que vigorava e denunciava uma enorme crise psicológica, com origem no inconsciente coletivo que influenciava grupos e nações, analisando enormemente a relação entre indivíduo e sociedade.

Para Jung (OC, vol. X/1), o momento histórico conturbado de tensão entre guerras, marcado por conflitos políticos, físicos e econômicos, gerava reflexões e incertezas em relação ao futuro. Uma população que não estava habituada a pensar sobre seus próprios mecanismos, com posturas demasiadamente racionais, atua com emoções exacerbadas e cargas afetivas carregadas de medos. Como consequência, "a razão perde sua possibilidade efetiva, surgindo em seu lugar slogans e desejos quiméricos, isto é, uma espécie de possessão coletiva que, progressivamente, conduz a uma epidemia psíquica" (Jung, 2013c, §490).

O estado mental da população estava exaltado como um todo, preconceitos afetivos e fantasias impulsivas estavam presentes. De certa maneira, um estado social parecido com todas as faltas políticas, econômicas e ameaças de morte vivenciadas na atualidade.

> Suas quimeras, baseadas em ressentimentos fanáticos, fazem apelo para a irracionalidade coletiva, encontrando aí um solo frutífero, na medida em que exprimem certos motivos e ressentimentos também presentes nas pessoas normais, embora adormecidos sob o manto da razão e da compreen-

> são. Esses indivíduos, apesar de constituírem um número pequeno em relação ao conjunto da população, representam grande perigo, pois são fontes infecciosas sobretudo em razão do conhecimento muito limitado que as pessoas, ditas normais, possuem de si mesmas. [...] O campo amplo e vasto do inconsciente, acha-se aberto e desprotegido para receber influências e infecções psíquicas possíveis (Jung, 2013c, §490).

Como aponta Jung (2013c), somente é possível proteger-se dessas infecções psíquicas quando se sabe de que lado nos sentimos atacados, como, onde e quando. O conhecimento de fatos estritamente pessoais é insuficiente para mitigar tal situação. Se uma teoria abrange apenas conteúdos que apresentam validades universais, menos terá a possibilidade de penetrar em fatos verdadeiramente individuais e se diferenciar da coletividade.

Apesar do pensamento de Jung possuir mais de 100 anos de idade, ainda é altamente contemporâneo. Ataques a minorias, múltiplas intolerâncias e governos com influências fascistas fazem parte do dia a dia do brasileiro. De acordo com Bento (2020), discursos políticos com mentalidade fascista são uma realidade no Brasil. Figuras autoritárias, autocentradas e conservadoras têm ganhado apoio da população.

Quase um século depois, continuamos sendo influenciados pelo mesmo sistema, continuamos padecendo da mesma infecção e nosso "sistema de vacinas" ainda não alcança toda a população. É uma falácia afirmar que uma pandemia atinge de maneira igual todos os seres humanos. De um lado, alguns vivenciam a segurança de privilégios; do outro lado, a morte e o abandono. Esse sistema necropolítico não pode estar invisível em nossa formação, em nossas clínicas e muito menos no cultivo da própria alma, em nossos processos de individuação e encontro com a *sombra*. Reconhecer que há uma culpa inerente a todo ser humano nesse sistema desumano é fundamental.

Para Hollis (1998), existe um sistema eficiente para lidar com a culpa, que consiste em identificar os três "erres" da culpa:

o reconhecimento, a recompensa e a remissão. Primeiramente o reconhecimento é basilar para começar a lidar com a culpa de maneira adulta. Significa reconhecer o dano causado ao eu ou a uma outra pessoa. Ser responsabilizado por suas ações; a recompensa é a possibilidade de reparar o erro cometido. É desempenhar ações reparadoras. Na maioria das vezes a recompensa oferecida é simbólica, não sendo menos real por isso. Contudo, admite uma atitude de retorno psicológico pelo dano causado; por fim, a remissão, que ocorre quando o arrependimento é genuíno e o indivíduo é capaz de perdoar-se.

> O tríplice processo de reconhecimento, da recompensa e da remissão pode estar disponível para aqueles que buscam a expansão da consciência. Essa expansão obriga a pessoa a reconhecer sua própria sombra, mas ao fazer isso, ao se responsabilizar por ela, a pessoa começa a agir no mundo de uma maneira diferente (Hollis, 1998, p. 35).

A Psicologia deve encontrar seu tríplice processo de culpa, para que possa (i) **reconhecer** os danos causados pelo racismo estrutural e institucional; (ii) realizar sua **recompensa**, investindo na amplificação de seu saber com mais representatividade de autores negros, apoiar políticas públicas de ações afirmativas e compreender fatores históricos e subjetivos do racismo no Brasil, de modo a reconhecer os efeitos nefastos da branquitude; e atuar com postura antirracista em sua clínica, para que possa, por fim, (iii) entrar em **remissão**, encarando sua própria *sombra* e entregando para a coletividade mais respeito e empatia como um retorno salutar e reparador.

Para o psicólogo brasileiro, é necessário reconhecer-se como um ser racializado e com consciência de classe para que possa honrar seu código de ética. É imprescindível conhecer a população que nos comprometemos a servir. E essa é uma população formada por diversos povos, histórias e tonalidades. Somente assim será possível desenvolver uma psicologia libertária e democrática.

> Libertária será, assim, a busca emancipatória que conduza a formas diversas e moleculares de soberania individual ou coletiva. No âmbito brasileiro, por via da comunicação transcultural, sugerimos a possibilidade de um novo jogo de linguagem: uma filosofia "de negociação" (os nagôs, como os antigos helenos, sempre foram grandes negociantes), sem entender negócio apenas pelo vezo moralista das trocas comandadas pelo capital e sim como também a troca simbólica do dar-receber-devolver, aberta ao encontro e à luta na diversidade (Sodré, 2017, p. 24).

A ideia nagô do dar-receber-devolver também está presente no pensamento de Jung (OC, vol. XVIII/2), quando ele explicita que a individuação é uma ruptura adaptativa com a coletividade para retornar à coletividade. Ou seja, a ideia de indivíduo só é possível numa relação com o coletivo e com o todo ao qual pertence, bem como a conquista emocional de si pressupõe o pagamento de um resgate ao coletivo mediante a produção de novos valores, frutos da perda da adaptação anterior e da ampliação da consciência. A individuação é uma experiência psíquica e cosmopolítica ao mesmo tempo em que o que é universal não coincide com o que é comum a todos.

> Urge uma distinção entre o diverso e o diferente, ou seja, a distinção entre o universal concreto de modo de existir humano (a diversidade ou pluralidade existencial das pessoas) e um universal abstrato (a diferença), construção lógica da metafísica europeia, que tem lastreado desde *As cartas persas*, de Montesquieu, o pensamento da alteridade. É que a distinção lança uma luz bastante clara sobre as práticas concretamente opressivas (Sodré, 2017, p. 21).

Desfazer sistemas seculares que sustentaram conforto e segurança de um grupo em detrimento de outro leva tempo, causa dor e contradições e envolve trabalho contínuo e árduo. A destruição do pacto narcísico da branquitude não pode acontecer somente na esfera individual, mas também nos meandros de estruturas coletivas.

> Ao desnudar as relações de dominação, as pessoas podem se tornar mais autoconscientes daquilo que as tornam preconceituosas, violentas, propensas a se identificar e apoiar líderes populistas e/ou autoritários e antidemocráticos (Bento, 2022, p. 125).

De acordo com Schucman (2022, p. 43):

> A humanidade não está garantida porque as pessoas nascem seres humanos, a humanidade como horizonte ético-político deve ser garantida por toda geração e todo sujeito que nasce para desconstruir isso. Então a única possibilidade de uma construção que vá pensar o mundo sem sexismo, mundo sem racismo, é um comprometimento e uma responsabilidade desse sujeito. Agora isso pode estar no nosso sonho como horizonte ético-político, mas está muito longe do nós estamos vivendo ainda mais nesse momento atual em que tem ocorrido cada vez mais violência, tem aumentado o genocídio da população negra e indígena cruelmente, a gente tem um país nesse momento histórico que mata gente para fazer corrupção com vacina e mata gente pelo plano de saúde. Essa estrutura aliada ao capitalismo, ela é o genocídio. Ela é por si só o genocídio. Enfim, a constatação do que é possível, a gente sabe que é possível, porque é uma construção social. Agora como isso vai acontecer e se há vontade política para que isso aconteça, está na mão das pessoas que estão aqui no presente, construindo esse mundo.

Estar presente no aqui e agora, ser branco, racializado, consciente dos privilégios da branquitude e de seus desdobramentos, reconhecer sua *sombra* e atuar de maneira responsável e antirracista será desconfortável. Assim como afirma Caio Kein, influenciador digital negro, em sua rede social: *"Cara gente branca! Antirracismo não é para ser confortável. É importante compreender que estar engajado na luta antirracista requer primeiramente reconhecer que também se é racista e se beneficia com a estrutura".* E dialoga da seguinte maneira: *"Você branco precisa ouvir mais e contestar menos. Antirracismo não é só que você acha que é certo. Antirracismo não é achismo ou opinião pessoal. Antirracismo é prática e construção coletiva"* (Branquitude [...], 2020, s/p).

Ouvir de "outras vozes" faz-se necessário. O "outro" historicamente foi construído na ideia de que o não branco era ameaçador, pelo simples fato de ser diferente do europeu. Tecer essa visão é estruturante e equalizador de injustiças. O seguinte pensamento de David Roediger citado por Bento (2022, p. 103) é esclarecedor: "as identidades raciais não são apenas negra, latina, asiática, índia norte-americana e assim por diante; são também brancas. Ignorar a etnicidade branca é redobrar sua hegemonia, tornando-a natural".

Para Schwarcz (2012), citando os estudos de Florestan Fernandes, no Brasil, é possível perceber uma maneira particular de vivenciar o racismo – um preconceito de ter preconceito. Dessa maneira, mantém-se o status quo de considerar absurdo o ato para quem sofre e degradante para quem o pratica. No racismo à brasileira, é possível perceber que ele é sempre jogado para o "outro", o outro da história, o outro que não sou "eu".

Uma pesquisa realizada em 1988, em São Paulo, demonstra que 97% dos entrevistados disseram não serem preconceituosos e 98% dos mesmos entrevistados afirmaram conhecer outras pessoas que tinham preconceito racial. Em 1995, o jornal *Folha de São Paulo* realizou uma pesquisa com resultados parecidos: 89% dos brasileiros afirmaram existir preconceito no Brasil, porém somente 10% admitiram senti-lo. A pesquisa foi repetida em 2011, e os resultados foram bem parecidos, ou seja, todo brasileiro percebe o preconceito, não assume senti-lo e está cercado de pessoas racistas. Esses dados demonstram que o brasileiro reconhece claramente o racismo, que é, porém, uma realidade do outro (Schwarcz, 2012, p. 30).

> Trata-se, pois, de um "preconceito" do outro. [...] Distintas na aparência, as conclusões das diferentes investigações são paralelas: ninguém nega que

> exista o racismo no Brasil, mas sua prática é sempre atribuída a "outro". Seja da parte de quem age de maneira preconceituosa, ou seja, daquela de quem sofre preconceito, o difícil é admitir a discriminação e não o ato de discriminar. Além disso, o problema parece ser o de afirmar oficialmente o preconceito, e não o de reconhecê-lo na intimidade. Tudo isso indica que estamos diante de um tipo particular de racismo, um racismo silencioso e que se esconde por trás de uma suposta garantia de universalidade e da igualdade das leis, e que lança para o terreno do privado o jogo de discriminação (Schwarcz, 2012, p. 31-32).

A percepção de que o "outro" ocupa um lugar de divisor de águas para que aconteça a quebra do excesso de individualidade ou do excesso de coletividade é central. O processo de individuação e de conexão com a sombra é capaz de abarcar essa tensão de polaridades e construir matizes de totalidade. É a verdadeira tensão de opostos que gera energia criativa.

A psicologia deve compreender que sua atuação deve responsabilizar-se desde a clínica até suas atuações sociais e institucionais. Tentar compreender o sofrimento psíquico da população negra é atuar com responsabilidade nas consequências nefastas de um preconceito não assumido e nas decorrências negativas da fragilidade branca e em todo o pacto da branquitude.

É importante ressaltar para o psicólogo branco que a cor de sua pele possui significados simbólicos, que devem ser clarificados. De acordo com Tavares (Branquitude [...], 2020, s/p), "O psicólogo branco tem que saber que seu corpo representa 4 séculos de violência e ele precisa saber disso. O psicólogo branco precisa estudar muito e entender a clínica racializada".

Isso significa compreender que seu corpo é um "outro" para alguém. Entender-se como um ser racializado significa pertencer em pé de igualdade à raça humana e saber qual é o significado político da sua cor de pele. É colocar em perspectiva sua presunção historicamente construída e fortalecida. É sair da lógica de "nós e eles" e paradoxalmente dar voz e ouvido ao "outro".

É fundamental que profissionais de psicologia façam atualizações em seus estudos de psicologia social para que possam atuar de maneira responsável. É necessário pensar sobre uma psicologia brasileira, que faz uma revisão responsável de sua própria história. Em 2022, a Comissão de Direitos Humanos do Conselho Federal de Psicologia organizou a obra *Psicologia Brasileira na luta antirracista*, com artigos de diversos autores e autoras engajados na questão. A apresentação é feita com a seguinte frase: "A Psicologia tem um projeto de sociedade para o Brasil. Por isso estamos aqui". Ana Sandra Fernandes Arcoverde Nóbrega, no discurso proferido por ocasião da solenidade de posse do XVIII Plenário de Conselho Federal de Psicologia em Brasília, afirma:

> O enfrentamento ao racismo configurou-se como aspecto central para esse plenário, em resposta às grandes questões de nossos tempos e em sintonia com o projeto de sociedade afirmado pela nossa categoria profissional. O período entre 2019 e 2022 foi marcado por enormes desafios, mas também importantes celebrações. Celebramos os 60 anos de regulamentação da Psicologia como profissão no Brasil, os 50 anos de sanção de lei que instituiu o Conselho Federal de Psicologia (CFP) e o sistema de Conselhos de Psicologia e os 25 anos da Comissão de Direitos Humanos do Conselho Federal de Psicologia (CDH/CFP). Como parte desse ciclo comemorativo temos a honra de apresentar e entregar à categoria e à sociedade os dois volumes da obra "Psicologia Brasileira na luta antirracista", uma realização da Campanha Nacional de Direitos Humanos do Sistema de Conselhos de Psicologia 2020- 2022: "Racismos é coisa da minha cabeça ou da sua?" (Nóbrega, 2022, s/p).

O chamado para o estudo, para a autorrevisão e para a tomada de responsabilidade é profundo e urgente. De acordo Vilas Boas e

Moura (2022), é visível que na realidade brasileira o racismo e as relações étnico-raciais ainda são temas que necessitam ser debatidos por grande parte dos psicólogos. É um debate urgente, por tratar de uma questão estrutural, com a manutenção de práticas excludentes que privilegiam um grupo em detrimento de outro, além de toda a violência sofrida por populações negras e indígenas.

> O racismo, por ser estrutural, está representado nas relações sociais, políticas, econômicas, culturais e interpessoais. Contudo, psicólogas (os) ainda não reconhecem o caráter marcante, destruidor e estruturante do racismo e desconhecem ações e documentos importantes que intencionam superar a distância da psicologia e questões raciais. Cada vez mais se faz urgente produzir ações de enfrentamento ao racismo nas práticas psicológicas (Vilas Boas; Moura, 2022, p. 142).

Aos profissionais de saúde mental é de suma importância saber como atuar de maneira ressonante com conceitos de equidade e diversidade. Para Bento (2022), é compreender que seu posicionamento deverá ser sistêmico, ao reconhecer e enfrentar o racismo. Significa também apoiar um estado de bem-estar social e de políticas públicas que priorizem os mais vulnerabilizados.

> Isso implica reconhecer ao mesmo tempo o outro e o que somos, apreender nossos lugares recíprocos, situar nossos papéis, identificar na estrutura de nossas organizações os elementos que fomentam a supremacia e a história que gerou ônus para uns e bônus para outros. E seguir realizando mudanças institucionais imprescindíveis (Bento, 2022, p. 129).

A branquitude deverá ver sua sombra. Sair do lugar que causa cegueira pelo excesso de "luz". Tocar em conteúdos que durante séculos eram intocáveis. Entrar em contato direto e atroz com tudo aquilo que não quer ser revelado, pois ao lado do silêncio reside a manutenção de gozos e privilégios a alguns e de aniquilamento para muitos. Ver sua própria sombra no espelho é reconhecer a magnitude de outro povoado com uma diversidade que coloca seu eu narcísico em lugar de coadjuvante. Convite nada tentador para quem sempre esteve no meio do palco, sendo protagonista da sua própria história e da história do restante do mundo.

Schucman (2022) afirma que a branquitude interfere diretamente na formação de um bom profissional de Psicologia, visto que esse pode ser considerado um bom profissional, mesmo não desempenhando um trabalho direito relacionado às populações negra e indígena. A falta de conhecimentos técnicos nessa seara ainda não produz uma representação social de profissional ruim, ou seja, o racismo é capaz de produzir um "bom profissional" mesmo que ele não o seja.

O chamado para a reflexão não é confortável. É um chamado de responsabilidade. Atuar em saúde mental, neste momento histórico, é apresentar-se de maneira engajada para a transformação de uma sociedade que já não pode mais se sustentar em padrões fortemente adoecedores.

De acordo com Pinheiro (2023), o olhar antirracista deve ser de natureza prática, pois devemos repensar práticas pedagógicas com um olhar sensível do docente para as questões estruturais que fundamentam o racismo.

> A finalidade dele é notarmos para além da face visível do racismo aquilo que é velado/dissimulado e atuarmos por meio da dimensão pedagógica, construindo mecanismos de denúncia e reversão desse grande flagelo social, que até os dias de hoje faz o povo preto sangrar no nosso país de várias formas: na dimensão corpórea diretamente, mas também cultural, psicológica, epistemológica, religiosa, estética, curricularmente e em tantas outras dimensões (Pinheiro, 2023, p. 148).

Em quantas narrativas silenciadas estão a cura para o mal que criamos? Erva daninha cultivada no próprio quintal de casa. É necessário que seja sentida a vontade de reconectar com tudo aquilo que somos; mas, antes, precisamos saber quem somos. O processo de individuação nos permite saber quem somos. O encontro com a sombra também permite nos encontrarmos com tudo aquilo que não sabemos que somos. Estarmos face a face com a dor de crescer é irrefutável, porém é a oportunidade de estarmos presentes, vivos e ativos na construção da psicologia brasileira, que trará benefícios a nosso povo e construirá um ambiente de reparação a tanta dor, silenciamento e morte causados pela branquitude.

CONSIDERAÇÕES FINAIS

Acredito que não há nada mais sagrado para um psicólogo junguiano do que a compreensão de que o conhecimento teórico poderia perder toda a sua potência se não atravessar, de modo incisivo, a alma de quem o almeja. Ao final da escrita dessa reflexão, sinto nuances importantes de desbravamento e contraditório incômodo.

A forma como esse conhecimento atravessou meu mundo de significados foi disruptiva, pois percebo que, como psicóloga, durante anos assumi uma postura segura e cheia de certezas e termino esse processo de escrita assumindo um desconforto e a emergência de muitas novas perguntas. Pude perceber que essa postura altiva e segura é também uma herança histórica dada pela branquitude, por seu lugar de privilégios. Adentrar com responsabilidade nos estudos e na construção de uma psicologia brasileira e antirracista possibilitou um verdadeiro terremoto dentro da minha própria alma. Reconheci meus limites e pude perceber que boa parte da minha "coragem" somente se sustentava por meio de negações e cegueira.

Gostaria de estabelecer diálogos com os estudos de Barreto (2019), no texto "O legado junguiano: uma crítica civilizatória", em que autor analisa profundamente a obra de Jung e sua postura como pesquisador incomodado e gerador de incômodos. Nesse sentido, é possível perceber o quanto a Psicologia Analítica pode contribuir e dialogar com a construção da psicologia brasileira.

> A capacidade de Jung de se movimentar tanto intelectualmente quanto emocionalmente faz com que ele assuma uma postura clara de que ele não propõe uma verdade, e sim, uma perspectiva e uma possibilidade entre outras coisas que existem. Seria uma incongruência, diante da crítica encarnada por Jung, se ele aspirasse à universalidade, pois ele parte da multiplicidade de subjetividades que

> requerem a maior variedade de métodos e ponto de vista, inclusive contraditórios (Barreto, 2019, p. 65).

Aderir uma postura contraditória diante da própria psicologia é apenas o primeiríssimo passo para que se possa reestabelecer e reavivar esquecimentos tão necessários a compreensão de quem somos tanto como indivíduos quanto como povo. O abandono da ideia ingênua de universalidade abre espaço para uma sociedade comprometida com a diversidade e multiplicidade de existências.

Como aponta Barreto (2019), Jung buscou expressar seu pensamento juntamente com sua própria busca pelo desconhecido. Jung não traça uma rota rígida em seu mapa conceitual, pelo contrário: desenvolve sua pesquisa como postura incomodada e criativa, disposto a encontrar o novo em sua busca pela compreensão do ser humano e sempre desenvolvendo um trabalho dedicado a levar em conta os desafios e as mazelas de seu próprio tempo.

> Nesse sentido, a sua coragem para manter-se ao lado da dúvida e da incerteza, sofrendo as rupturas de sentido que isso gera e as utltrapassagens inevitáveis, produziu um pensamento original e provocativo para um tempo onde o pensar se tornou sinônimo de conceituar. Preocupou-se Jung muito mais em buscar as perguntas certas do que as respostas certas (Barreto, 2019, p. 62).

Realizar perguntas sobre o lugar do psicólogo branco na sociedade atual é conectar-se com a necessidade de buscar respostas em um espaço que foi socialmente sufocado, esquecido e silenciado. A postura de "reavivar os mortos" costuma ser indigesta e tem um preço. Estamos dispostos a pagá-lo? Se nos afirmamos como psicólogos junguianos, a resposta a essa pergunta deve ser afirmativa. É dado o momento de colocar a mão na rachadura e sentir a demolição, para que a reconstrução seja mais justa e sólida.

> Jung propõe um pensamento que pergunta porque não pode fazer outra coisa, senão, perguntar. E perguntando, ele abre vãos, brechas, fendas, nascedouros e acolhe a descontinuidade, naturalmente, humana que aponta para a incompletude de tudo

> que vive e quer se realizar. Eis, então, um pensador não só incomodado, mas gerador de incômodos, causador de contato e artesão de "entres". Entre é o lugar onde a linguagem é o silêncio que convida a ficar presente com o que lhe cabe. Entre é a ligação entre o que não pode ser continuado. Entre é por onde se atravessa. Entre é o convite mais radical que o pensamento de Jung nos faz, isto é, tornar-se quem se é (Barreto, 2019, p. 62).

Finalizo o presente estudo encontrando-me nesse lugar do "entre". reconhecendo-me como uma mulher branca de cabelos crespos, oriunda de uma família multirracial e, portanto, presente **entre** uma realidade descendente de povos colonizadores e povos escravizados. Sou e estou ciente de minhas heranças históricas. Sou e estou presente em uma sociedade que existe nesse espaço misterioso do "entre". Ainda nesse espaço do "entre", coloco algumas interlocuções entre a Psicologia Analítica e a Psicologia Social, sem nenhuma tentativa de realizar uma tradução entre as duas. Dessa forma, foi possível perceber que a integração e o reconhecimento de nossa própria *sombra* é o caminho capaz de fazer emergir boa parte do que somos, e a construção de psicólogos antirracistas não poderá fugir desse chamado. Toda a capacidade de sustentar desconfortos é bem-vinda, a sombra da branquitude precisa se relacionar com nossas histórias e estudos, precisa ser vista e revisitada. Não é mais possível desenvolver uma psicologia europeia no Brasil.

É urgente fazerem-se novas perguntas para a construção da psicologia brasileira, pois todo o esquecimento não pode mais ser continuado, não pode mais ser aceito. Para Barreto (2019), Jung, influenciado pelo pensamento nietzscheano, percebe a forte decadência na ideia da formação de uma sociedade unilateral, igualitária e pretensamente humanitária. Não é possível compreender o indivíduo por meio de uma leitura de mundo regida por uma moral coletiva e universal. É o fim de um mundo só. Um mundo que nunca existiu. Mas existe. O Brasil não pode mais se sustentar nessa ideia do compositor, rapper e artista, Emicida: "O Brasil é plural, mas a narrativa é singular" (Amarelo [...], 2020, s/p).

REFERÊNCIAS

ALMEIDA, S. L. **Racismo estrutural.** São Paulo: Jandaíra, 2020.

AMARELO Prisma: movimento 1: paz/corpo. Entrevistador: Emicida. [*S.l.*]: AmarElo Prisma, 17 abr. [2020]. *Podcast.* Disponível em: https://open.spotify.com/episode/4Xr0cSjsUHwxsMXhTYTLzx?si=GXAoyOy-QR1GFau0oz LXD2w. Acesso em: 9 jul. 2022.

BARRETO, R. **O legado junguiano**: uma crítica civilizatória. Brasília, 2019.

BENTO, C. **O pacto da branquitude.** São Paulo: Companhia da Letras, 2022.

BENTO, M. A. da S. **Pactos narcísicos no racismo**: branquitude e poder nas organizações empresariais e no poder público. 2002. Tese (Doutorado em Psicologia) – Instituto de Psicologia, Universidade de São Paulo, São Paulo, 2002. DOI: https://doi.org/10.11606/T.47.2019.tde-18062019-181514. Disponível em: https://teses.usp.br/teses/disponiveis/47/47131/tde-18062019-181514/publico/bento_do_2002.pdf. Acesso em: 9 jul. 2022.

BLY, R. A comprida sacola que arrastamos atrás de nós. *In:* ZWEIG, C.; ABRAMS, J. (org.). **Ao encontro da sombra**: o potencial oculto do lado escuro da natureza humana. São Paulo: Cultrix, 1994.

BRANQUITUDE, racismo e subjetividade. [*S. l.: s. n.*], 2020. 1 vídeo (1h44min36). Publicado pelo canal Fala, diversidade! Disponível em: https://www.youtube.com/watch?v=7QIPqpAXklg. Acesso em: 9 jul. 2022.

BRASIL. [Constituição (1988)]. **Constituição da República Federativa do Brasil de 1988.** Brasília, DF: Presidência da República, [2020]. Disponível em: http://www.planalto.gov.br/ccivil_03/Constituicao/Constituiçao.htm. Acesso em: 9 jul. 2022.

BRASIL. Supremo Tribunal Federal. **Habeas corpus nº 154.248.** Brasília, DF: STF, 2021. Disponível em: https://portal.stf.jus.br/processos/detalhe.asp?incidente=5373453. Acesso em: 9 jul. 2022.

CARONE, I.; BENTO, M. A. S. **Psicologia Social do Racismo:** estudos sobre branquitude e branqueamento no Brasil. Petrópolis: Vozes, 2016.

CONSELHO FEDERAL DE PSICOLOGIA (Brasil). **Resolução nº 18, de 19 de dezembro de 2002**. Estabelece normas de atuação para os psicólogos em relação ao preconceito e à discriminação racial. Brasília, DF: CFP, 2002. Disponível em: https://site.cfp.org.br/wp- content/uploads/2002/12/resolucao2002_18.PDF. Acesso em: 9 jul. 2022.

DEIVISON Faustino: **obra de Fanon questiona identitarismo branco**. Entrevistado: Deivison Faustino. Entrevistador: Eduardo Sombini. [*S.l.*]: Ilustríssima Conversa, mar. 2022. *Podcast*. Disponível em: https://open.spotify.com/episode/5RZi0vUjvoy94f32Zp2Or3?si=uc9TZSdETNujaz-dEwOEQf w. Acesso em: 31 nov. 2022.

DIANGELO, R. **Fragilidade branca**: porque é tão difícil para os brancos falar sobre racismo. Lisboa: Edita_X, 2020.

FANON, F. **Pele negra, máscaras brancas.** São Paulo: Ubu, 2020.

FRANZ, M.-L. von. **Reflexos da alma**: projeção e recolhimento na psicologia de C. G. Jung. São Paulo: Cultrix; Pensamento, 1992.

HOLLIS, J. **Os pantanais da alma**: nova vida em lugares sombrios. São Paulo: Paulus, 1998.

HOPKE, R. H. **Guia para a obra completa de C. G. Jung.** 3. ed. Petrópolis: Vozes, 2012.

JUNG, C. G. **Aion**. Petrópolis: Vozes, 2013. (Obras completas de C. G. Jung, IX/2).

JUNG, C. G. **A prática da psicoterapia**. Petrópolis: Vozes, 2013a. (Obras completas de C. G. Jung, 16/1).

JUNG, C. G. **Arquétipos e inconsciente coletivo**. Petrópolis: Vozes, 2014a. (Obras completas de C. G. Jung, 9/1).

JUNG, C. G. **Arquétipos e inconsciente coletivo**. Petrópolis: Vozes, 2014a. (Obras completas de C. G. Jung, 9/2).

JUNG, C. G. **Aspectos do drama contemporâneo.** Petrópolis: Vozes, 2012. (Obras completas de C. G. Jung, 10/2).

JUNG, C. G. **A vida simbólica.** Petrópolis: Vozes, 2012. (Obras completas de C. G. Jung, XVIII/2).

JUNG. C. G. **Civilização em transição.** Petrópolis: Vozes, 2013b. (Obras completas de C. G. Jung, 10/3).

JUNG, C. G. **Presente e futuro.** Petrópolis: Vozes, 2013c. (Obras completas de C. G. Jung, 10/1).

JUNG, C. G. **Sobre sentimentos e a sombra:** sessões de perguntas de Whinterthur. Petrópolis: Vozes, 2014b.

MARTÍN-BARÓ, I. **Psicología de la Liberación.** Madrid: Editorial Trotta, 1998.

MILLER, D. P. O que a sombra sabe: uma entrevista com John A. Sanford. *In:* ZWEIG, C.; ABRAMS, J. (org.). **Ao encontro da sombra:** o potencial oculto do lado escuro da natureza humana. São Paulo: Cultrix, 1994.

MUNANGA, K. **Negritude:** usos e sentidos. 4. ed. Belo Horizonte: Autêntica, 2020.

NASCIMENTO, A. **O genocídio do negro brasileiro:** processo de um racismo mascarado. 3. ed. São Paulo: Perspectivas, 2016.

NÓBREGA, A. S. F. A. Apresentação. *In:* CONSELHO FEDERAL DE PSICOLOGIA. **Psicologia brasileira na luta antirracista.** Brasília, DF: CFP, 2022. v. 1, p. 142-153. Disponível em: https://site.cfp.org.br/wp-content/uploads/2022/11/VOLUME-1-luta- antirracista-1801-web.pdf. Acesso em: 9 jul. 2022.

NÚÑEZ, G. Efeitos do binarismo colonial na psicologia: reflexões para uma psicologia anticolonial. *In:* CONSELHO FEDERAL DE PSICOLOGIA. **Psicologia brasileira na luta antirracista.** Brasília, DF: CFP, 2022. v. 1, p. 49-60. Disponível em: https://site.cfp.org.br/wp-content/uploads/2022/11/VOLUME-1-luta-antirracista-1801- web.pdf. Acesso em: 9 jul. 2022.

OLIVEIRA, H. **Desvelando a alma brasileira**: psicologia junguiana e raízes culturais. Petrópolis: Vozes, 2018.

PINHEIRO, B. C. S. **Como ser um educador antirracista.** São Paulo: Planeta do Brasil, 2023.

SANDFORD, J. A. **Mal, o lado sombrio da realidade.** São Paulo: Paulus, 1988.

SCHWARCZ, L. M. **Nem preto, nem branco, muito pelo contrário**: cor e raça na sociedade brasileira. São Paulo: Claro Enigma, 2012.

SCHUCMAN, L. V. Branquitude. Entrevistadora: Iolete Ribeiro da Silva. *In:* CONSELHO FEDERAL DE PSICOLOGIA. **Psicologia brasileira na luta antirracista.** Brasília, DF: CFP, 2022. v. 1, p. 32-47. Disponível em: https://site.cfp.org.br/wp-content/uploads/2022/11/VOLUME-1-luta--antirracista-1801-web.pdf. Acesso em: 9 jul. 2022.

SCHUCMAN, L. V. **Entre o encardido, o branco e o branquíssimo**: branquitude, hierarquia e poder na cidade de São Paulo. 2. ed. São Paulo: Veneta, 2020.

SODRÉ, M. **Pensar Nagô.** Petrópolis: Vozes, 2017.

TAVARES, J. S. C.; JESUS FILHO, C. A. A. de; SANTANA, E. F. de. Por uma política de saúde mental da população negra no SUS. **Revista da Associação Brasileira de Pesquisadores/as Negros/as,** Curitiba, v. 12, p. 138-151, out. 2020. Ed. especial. Disponível em: https://abpnrevista.org.br/site/article/view/1118. Acesso em: 10 set. 2023.

TAVARES, J. S. C.; TRAD, A. B. Racismo e saúde mental subsídios para uma clínica contextualizada. *In:* BARBOSA, I. R.; AIQUOC, K. M.; SOUZA, T. A. de. (org.). **Raça e saúde**: múltiplos olhares sobre a saúde da população negra no Brasil. Natal: EDUFRN, 2021. p. 169-180. E-book. Disponível em: https://drive.google.com/file/d/1grnKKXXPWzeVfCg37S25g6cipziMup-T/view. Acesso em: 9 jul. 2022.

VILAS BOAS, C. C. da R.; MOURA, M. de J. Um tempo para o nosso tempo: o CFP na luta antirracista. *In:* CONSELHO FEDERAL DE PSICOLOGIA. **Psi-**

cologia brasileira na luta antirracista. Brasília, DF: CFP, 2022. v. 1, p. 142-153. Disponível em: https://site.cfp.org.br/wp-content/uploads/2022/11/VOLUME-1-luta-antirracista-1801- web.pdf. Acesso em: 9 jul. 2022.

WHITMONT, E. C. **A busca do símbolo**: conceitos básicos de psicologia analítica. São Paulo: Cultrix, 1990.

WHITMONT, E. C. A evolução da sombra. *In:* ZWEIG, C.; ABRAMS, J. (org.). **Ao encontro da sombra**: o potencial oculto do lado escuro da natureza humana. São Paulo: Cultrix, 1994.

ZWEIG, C.; ABRAMS, J. (org.). **Ao encontro da sombra**: o potencial oculto do lado escuro da natureza humana. São Paulo: Cultrix, 1994.